Un rêve américain

© Éditions Renaissens
Membre du Syndicat national de l'édition (SNE)
Collection : COMME TOUT UN CHACUN
ISSN : 2649-8839
www.renaissens-editions.fr
Les éditions Renaissens publient les écrits d'auteurs aveugles, malvoyants, sourds et de toute personne souffrant d'un handicap.

Julie Armen

Un rêve américain

Scénario

*Je dédie ce scénario à toutes les personnes qui ont oeuvré
pour que ce rêve américain devienne réalité :*

*à mon père Jean Lebrat
à Charles Slessor,
au pasteur André Trocmé,
à Samuel, mon grand-père,
à Marie-Lydie, ma grand-mère,
à mes oncles Maurice et Pierre*

*à toute la communauté
de Reinbeck, Iowa (USA),
à la "church community"
de Charles Slessor.*

1. EXT JOUR. REINBECK, ÉTATS-UNIS, ÉGLISE, PRINTEMPS 1944.

Indication à l'écran : Reinbeck, Iowa, États-Unis, printemps 1944.
　CHARLES SLESSOR, WASP de 27 ans, regard clair et cheveux blonds, gare sa grosse Chevrolet, devant la petite église de bois blanc de la commune de Reinbeck. Il aide sa femme DORIS, enceinte et encombrée de gâteaux. D'autres familles arrivent au même moment dans de grosses Ford, Buick et Lincoln. EDITH, la soixantaine, gare sa Packard bleu marine le long du trottoir, ramasse sur la banquette arrière les deux gâteaux qu'elle a confectionnés et rejoint son fils Charles à l'intérieur de l'église.

2. INT JOUR. L'ÉGLISE. PRINTEMPS 1944.

　CHARLES SLESSOR, écoute avec attention le prêche du pasteur LARSEN. Vêtu d'un simple complet gris, celui-ci porte une petite croix en argent sur le revers de sa veste. L'église est pleine à craquer. Les enfants, qui accompagnent la plupart des couples, gesticulent, se retournent ou balancent leurs pieds. Leurs mères les laissent faire, posant juste un doigt sur leurs lèvres quand ils deviennent trop bruyants.

Pasteur LARSEN
Mes amis… Nous devrions remercier Dieu tous les jours

que la guerre soit presque terminée et que les États-Unis d'Amérique n'aient pas été touchés. Malheureusement, ce n'est pas le cas en Europe. Des pays ont été dévastés et les populations ont tout perdu... Le gouvernement américain aidera bien sûr, mais nous tous, nous devrions réfléchir maintenant, comment nous pourrions y contribuer. Un de mes amis, Edwin Shomer, que vous connaissez déjà, vient de rentrer de France. Je propose que nous le rejoignions au sous-sol pour regarder le film qu'il a tourné et prendre du thé, du café et des gâteaux. Merci beaucoup Doris, Edith, Kathy et Rebecca d'avoir cuisiné pour nous.

Applaudissements.

3. INT JOUR. LE SOUS-SOL DE L'ÉGLISE. PRINTEMPS 1944.

Les tables, chargées de gâteaux, de tasses et de verres de lait sont poussées contre le mur. Chacun se sert et discute. Les enfants viennent chercher des parts de gâteaux puis disparaissent en courant. Quelques personnes alignent des chaises au centre de la pièce, tandis que le pasteur Larsen aide son ami, le pasteur Schomer, à installer l'écran.

4. EXT JOUR. JARDIN DE L'ÉGLISE ET COMMUNE DE REINBECK. PRINTEMPS 1944.

Les enfants aperçus dans la séquence 3 jouent sur la pelouse entourant l'église. D'autres se cachent derrière les voitures. La rue principale de la petite commune de Reinbeck est déserte. Bordée de constructions de bois blanc avec patio, elle affiche les enseignes d'un Drugstore, *d'un* General Store, *d'un* Milkbar, *d'un vétérinaire et d'un dentiste.*

5. INT JOUR. LE SOUS-SOL DE L'ÉGLISE. PRIN-TEMPS 1944.

La plupart des couples qui buvaient du thé et mangeaient des gâteaux en séquence 3 sont maintenant assis sur des chaises et regardent l'écran devant lequel se tient le pasteur Schomer, bel homme, la quarantaine. Une croix en argent orne également le revers de son complet gris.

Pasteur Shomer

Comme Tom vous l'a dit, j'ai beaucoup voyagé ces dix dernières années et ce que j'ai vu en Europe m'a marqué. J'ai un petit film que je veux vous montrer. Je serai ravi, après le film, de répondre à vos questions. Tom, es-tu prêt ?

Le pasteur Larsen allume le projecteur. La lumière s'éteint et des images défilent sur l'écran : des destructions, des queues devant les magasins d'alimentation, des avenues désertes. Puis, une bâtisse, ressemblant à une ferme fortifiée, devant laquelle apparaît l'inscription Collège international protestant, *entourée d'une pelouse sur laquelle circulent librement quelques adolescents bien habillés. Plus loin, la caméra dévoile un village d'apparence modeste, un groupe d'enfants vêtus simplement et un homme portant la même croix en argent sur son complet gris.*

Pasteur Shomer (voix off)

Ce projet éducatif est très intéressant. Cet homme, André, est un pasteur protestant français qui a créé une école dans ce village de campagne… La raison pour laquelle il a voulu que cette école soit internationale est… écoutez ce qu'il a à nous dire…

Le plan se resserre sur le Pasteur Trocmé.

Pasteur Trocmé
(s'adressant à la caméra en anglais)

Les liens entre les nations sont absolument fondamentaux. C'est la raison pour laquelle nous avons voulu que cette école soit internationale. Plus les jeunes découvrent d'autres cultures, mieux c'est pour la paix de demain. Ici, nous aurons des étudiants venant du monde entier : Amérique, Angleterre, Italie, Espagne… et certainement d'Allemagne quand la guerre sera finie… Mes amis, cette école internationale est un projet pour la paix.

Pasteur Shomer (voix off)

André a étudié la théologie à Boston. Cela explique pourquoi son américain est si bon…

Pasteur Trocmé

Mais nous avons aussi créé cette école pour donner la possibilité aux enfants du Plateau du Lignon d'étudier. Malheureusement, nous ne pouvons pas encore nous permettre de les accueillir gratuitement. Pour le moment, nos élèves sont issus de familles protestantes aisées, basées à Paris et à Lyon, c'est pourquoi nous avons besoin d'argent pour ouvrir cette école à tous. J'adresse ce message à mes amis américains. Je sais qu'ils comprendront nos préoccupations et feront tout leur possible pour nous aider.

Des flashs rapides montrent une classe, une bibliothèque, des élèves bon chic, bon genre, d'apparence citadine qui contrastent avec les petits paysans qui se pressent vers le temple, grande bâtisse de granit au toit recouvert de lauzes. Suivent de nouvelles images de villageois, de destructions, de files d'attente et du cimetière américain d'Omaha Beach.

Pasteur Shomer (voix off)
Dans ce pays, tant de nos soldats ont perdu la vie pour sauver la liberté et la démocratie. À notre niveau, on peut aussi essayer de sauver la liberté et la démocratie…

Le film touche à sa fin et le pasteur Larsen rallume la lumière.

Pasteur Shomer
Alors, mes amis… nous devrions aider ces enfants. L'argent bien sûr, mais on peut trouver d'autres moyens...

Charles Slessor
Je serais heureux d'accueillir un de ces enfants chez moi pendant un ou deux ans. Il travaillerait à la ferme et irait à l'école…

Pasteur Shomer
Charles… c'est une excellente idée.

6. EXT JOUR. VILLAGE DU CHAMBON. RUES ET PLACE. JUIN 1945.

Le petit village du Chambon-sur-Lignon abrite des maisons de granit aux toits recouverts de lauzes. Des enfants et des jeunes en galoches, culottes courtes et chandails, remontent en courant la rue du temple dont les cloches sonnent à toute volée. Ils se fondent dans la foule massée devant la mairie : des hommes à l'allure paysanne et quelques femmes en tenues printanières. Certains agitent des drapeaux tricolores, d'autres protègent leurs yeux du soleil. Ils semblent attendre. Un homme aux cheveux blancs, SAMUEL, apparaît au balcon de la mairie. La foule l'acclame. Sa moustache, bien taillée, est blanche.

Samuel
Au nom du Comité de libération que vous m'avez demandé de présider, j'ai l'immense plaisir de vous faire savoir que la guerre a vraiment pris fin et que notre pays n'est plus en danger. J'en profite pour saluer le courage qui a été le vôtre pendant ces cinq longues années.

Les acclamations reprennent de plus belle.
Homme 1
Sois maire Samuel !

Homme 2
Il a raison. Il y a cinq ans tu nous montrais le chemin qu'il fallait suivre. Aujourd'hui la guerre est terminée mais nous voulons continuer à te suivre. Nous te voulons comme maire. Sa-mu-el maire, Sa-mu-el, maire !

Des hourras fusent parmi les applaudissements.
La foule
(scandant)
Sa-mu-el maire, sa-mu-el, maire !
   Deux adolescents, JEAN et RENÉ, 14 ans, se hissent sur la pointe des pieds.

René (à Jean)
Si ton père est maire tu iras au Collège, ça, c'est sûr ! Tous

les enfants de maires vont au Collège…

Jean
En tout cas, ce serait mille fois mieux que l'école professionnelle de Saint-Étienne. Je n'ai pas du tout envie d'aller à l'internat. Il paraît que c'est pire que la prison.

D'un geste de la main, Samuel fait taire la foule.

Samuel
Merci, mes amis. Merci de votre confiance mais je vous répète que je ne souhaite pas être maire.

Jean
(soupirant)
Et voilà ! C'est raté. Je savais qu'il ne voudrait pas.

René
Je suis content ! On sera tous les deux à l'internat.

Homme 1
C'est toi Samuel qui as organisé la Résistance, c'est à toi d'organiser la reconstruction de notre village.

Homme 2
Il a raison.

La foule
(scandant)
Sa-mu-el maire, Sa-mu-el, maire !

De nouveau, Samuel fait un signe pour réclamer le silence.

Samuel
Ces années nous ont appris beaucoup et on ne doit pas les oublier mais on doit aussi regarder devant soi, et devant soi c'est avec un homme jeune *(attirant Benjamin Chave sur le*

balcon). Aller, mes amis, on applaudit Benjamin. Benjamin a des idées, de l'énergie, de l'optimisme et du réalisme. C'est lui qui doit être maire. C'est pour lui, moi, que je voterai.

La foule hésite puis finit par applaudir le nouvel arrivant. Les deux adolescents rejoignent la place du village dont le centre est occupé par une fontaine taillée dans le granit. Contrarié, Jean shoote de toutes ses forces dans un caillou. René regarde le bassin, remonte sa manche et essaie d'attraper un objet au fond de l'eau.

Jean
Qu'est-ce que tu fais ?
René
Il y a une bille !
Jean
Moi, je vais voir le Collège, tu viens ?
René
À quoi ça sert d'aller là-bas puisqu'on n'ira pas ? Et je n'ai pas envie de voir ces Parigots puants.

René essuie son bras, redescend sa manche et rattrape Jean sur le chemin. De fort mauvaise humeur, l'adolescent continue de shooter dans des cailloux.
Ils s'arrêtent devant une ferme fortifiée au toit recouvert de lauzes et entourée d'une pelouse bien tondue. Un panneau, situé à côté de la route, indique qu'il s'agit du Collège international protestant.
Il n'y a ni murs, ni barrières et un groupe de jeunes, assis en tailleur, discute dans l'herbe. Jean et René s'assoient sur un tronc d'arbre, à côté de la route, les yeux rivés sur la bâtisse.

Jean
Tu crois qu'ils vont laisser encore longtemps cet endroit sans clôture ?

René
C'est l'idée du pasteur d'avoir un espace ouvert.

Jean
(amer)
Tu parles ! Il devait l'ouvrir à tous les jeunes du coin. Résultat, dix ans plus tard il n'y a que des Parisiens friqués et des Lyonnais qui peuvent se payer l'inscription.

René
Tu exagères, il y en a quand même quelques-uns de chez nous : le fils du médecin, la fille du maire, les enfants du pasteur, Marco, le fils de notre directeur d'école...

Jean
Oui, que les enfants des notables ! Si tu veux mon avis, son projet a raté. En plus, il a accentué les différences de classes sociales. Regarde, on a le même âge et on ne se fréquente pas ! C'est clair qu'on ne fait pas partie de leur monde et ces cons ne ratent pas une occasion de nous le rappeler.

René
Moi, je m'en fous s'ils ne veulent pas nous parler.

Jean
Tu te fous qu'ils nous traitent de cul-terreux ?

René
On n'est jamais ensemble, de toute façon.

Jean
Justement ! Ce n'est pas normal. Pourquoi, le pasteur a créé une troupe d'éclaireurs, à part, pour le collège ?

René qui épluche machinalement l'écorce de l'arbre, essuie ses doigts pleins de résine sur son pantalon.

René
Je suis plutôt content qu'ils ne soient pas avec nous.

Jean
Mais si on faisait partie de la même troupe, ils arrêteraient de se foutre de notre gueule.

René
Je n'en suis pas si sûr parce qu'il y a une chose qui ne changera jamais entre eux et nous : c'est que eux, ils auront toujours de l'argent et nous pas.

Jean hausse les épaules et ramasse une poignée de cailloux.

Jean
C'est hypocrite son truc.

René
Mais il nous a déjà expliqué que tant que le collège n'aurait pas d'argent, il ne pourrait pas nous accueillir gratuitement.

Jean
On se demande à quoi ça lui a servi d'avoir été le précepteur des enfants Rockfeller ! Ils sont où leurs millions ?

Jean jette un caillou, puis un deuxième et un troisième contre le panneau portant l'inscription Collège international protestant. *Pendant ce petit jeu la conversation se poursuit.*

Jean
Ce que je vois c'est qu'on va aller croupir dans cette école de nuls, alors qu'on aurait pu étudier ici. *(se figeant, admiratif)* C'est elle ! Putain qu'elle est belle !

Une jeune femme rousse marche dans leur direction.

Jean
Allez, viens, on se tire ! Il ne faut pas qu'elle nous voie !

Il saute dans le fossé, René le suit.

René
Ah, je comprends mieux maintenant pourquoi tu tenais tant à aller au collège… en fait, t'en pinces pour l'Américaine !

Jean
Chut !

Ils regardent passer la jeune femme à travers les herbes.

Jean
(à voix basse)
La dernière fois, elle était dans le magasin de ma mère pour acheter un soutien-gorge… Et ben figure-toi qu'elle fait du 95 !

René
C'est beaucoup ?

Jean
Mais c'est énorme ! J'ai même vu ses nichons.

Flash rapide : la jeune femme prend le soutien-gorge que lui tend Lydie et passe dans la cuisine pour l'essayer.

Lydie
Allez-y ! Il n'y a personne.

Suzanne
(gros accent américain)
Là ? Mais si quelqu'un arrive ?

Lydie
Mais non, ne vous inquiétez pas !

Jean (voix off)
En fait, moi, j'étais allé chercher quelque chose dans la chambre… Et bien j'ai tout vu…
Suzanne se déshabille pendant que Jean a l'œil fixé sur l'entrebâillement de la porte.

René
Alors, elle est rousse de partout ?
Ils gloussent. Jean sort du fossé.

Jean
Dépêche ! On va la perdre.

René
Tu crois que toutes les Américaines sont comme elle ?

Jean
Oui. Il n'y a que des blondes et des rousses avec des yeux tellement bleus… si tu voyais !

René
T'as vu ça où, toi ?

Jean
Chez ma tante Pauline. Il y avait un magazine tout en couleurs.

7. INT JOUR, CUISINE DE LA FAMILLE LEBRAT. JUIN 1945.

LYDIE, la mère de Jean, 45 ans, grande, mince et austère, s'active derrière son fourneau. La porte qui communique avec le magasin reste ouverte. Une sonnerie retentit, indiquant l'arrivée d'une cliente. Lydie lâche la queue de la poêle et regagne sa boutique, tirant derrière elle la porte de communication.

Une table rectangulaire entourée de six chaises cannées occupe le centre de la cuisine. Jean, ses deux frères, MAURICE 24 ans, PIERRE 22 ans et son père SAMUEL jouent ensemble à un jeu de dés. Près du fourneau, la grand-mère lit le journal en caressant le chat qui est allongé sur ses genoux. On frappe. Deux homme entrent : le pasteur TROCMÉ et ROGER, le directeur de l'école communale.

Roger
Samuel, on vous dérange ?

Samuel
(se levant)
Du tout ! Asseyez-vous. Pour que le pasteur et le directeur d'école fassent leurs visites ensemble... que se passe-t-il?

Roger
C'est qu'on a quelque chose d'important à vous dire.

Les trois frères se lèvent pour saluer. THÉRÈSE, la femme de Maurice, portant un bébé dans ses bras, sort à ce moment-là de la chambre. Elle leur adresse son plus beau sourire et installe l'enfant sur une chaise haute. Seule la grand-mère ne semble pas se soucier des visiteurs.

Pasteur Trocmé

Oh, mais je vois que la famille est au grand complet ! Et Lydie, elle est à la fois au magasin et à la cuisine ? Bon, il vaut peut-être mieux que l'on repasse.

Samuel

Mais non, voyons ! Vous ne nous dérangez pas du tout. *(À Jean)* Mon Jeannot, tu ne voudrais pas nous passer les petits verres et le vin cuit ?

Jean pose sur la table une bouteille et cinq verres. Samuel les remplit.

Pasteur Trocmé

Voilà, on voulait vous dire qu'en septembre, Jeannot aura une place au Collège.

Jean

Alors ça, c'est une bonne nouvelle !

Samuel

Le département a enfin décidé de vous soutenir ?

Pasteur Trocmé

(gêné)
Non, pas exactement mais on a un peu d'argent pour accepter un jeune du Chambon.

Les trois frères se regardent embarrassés. Le petit Jean-Pierre se met à crier et Maurice jette à sa femme un regard réprobateur. Thérèse prend une cuillère et la donne au bébé. Il se calme.

Samuel

Vous voulez dire que son ami René, les petits Ferrier et le jeune Pelissier qui ont le même âge n'y auront pas droit ?

Le pasteur reste silencieux.

Samuel

Mais pourquoi mon fils passerait devant les autres ?

Roger

Parce qu'il serait dommage qu'il se gâche dans une école professionnelle. Ensuite, parce que le village vous doit beaucoup, monsieur Lebrat…

Le pasteur se frotte le front, mal à l'aise.

Samuel
(sombre)

Je ne laisserai jamais les membres de ma famille avoir des traitements de faveur et ils le savent. Ce que nous avons fait, nous l'avons fait tous ensemble.

Le pasteur vide son verre, Roger fait craquer ses phalanges et Samuel bourre sa pipe.

Roger

Il faut quand même reconnaître que sans vous…

Les trois frères profitent de l'intermède pour sortir dans le couloir.

Roger

Quelle tête de mule ! Vous et vos principes ! Vous êtes plus protestant que tout un congrès de Huguenots.

Samuel
Roger… Nous nous sommes engagés dans un combat qui était juste et nécessaire mais aujourd'hui la page est tournée et il serait malsain et surtout malhonnête d'essayer de tirer des avantages de nos actions passées.

8. EXT JOUR. DEVANT LA BOUTIQUE DE LYDIE. JUIN 1945.

Appuyé contre la vitrine du magasin de sa mère, Jean regarde ses camarades parlementer près de la fontaine. Ils lui font de grands signes pour qu'il les rejoigne mais Jean attend le pasteur.

Pasteur Trocmé *(à Jean)*
Je suis désolé. Je ne pensais pas qu'il serait aussi catégorique.

Jean
Vous allez proposer la place à quelqu'un d'autre ?

Pasteur Trocmé
Non. Au fond ton père a raison. Tant qu'on n'a pas les moyens d'accueillir tout le monde, on ne doit pas créer de différences entre les jeunes.

Jean
Justement ! Je peux vous poser une question ?

Pasteur Trocmé
Bien sûr…

Jean

Je voudrais savoir pourquoi vous avez créé une troupe d'éclaireurs à part pour les jeunes du collège ?

Pasteur Trocmé

(embarrassé)

Euh… je pensais que vous vous sentiriez mieux entre vous, comme la plupart des collégiens viennent de Paris…

Jean hoche la tête plusieurs fois et se tait.

Pasteur Trocmé

Jeannot ? Il y a quelque chose qui te tracasse ?

Jean

(le regard déterminé)

La troupe Duverney passe son temps à nous rabaisser. Même s'ils savent beaucoup plus de choses que nous… comme l'anglais et les mathématiques, ce n'est pas une raison ! Moi, je pense que si on était plus mélangés on pourrait tirer parti de leurs connaissances et eux des nôtres… il y a plein de choses que l'on sait faire et pas eux, des choses utiles qui leur serviraient.

Pasteur Trocmé

(se grattant le menton)

Ta remarque est intéressante. Je n'y avais pas songé. Je vais voir ce que je peux faire.

9. EXT JOUR, LA PLACE. JUIN 1945.

Jean et ses camarades sont occupés à troquer près de la fontaine. Des objets passent de mains en mains à toute vitesse. Paulette et Josette regardent Jean avec admiration. L'une d'elle sort un bracelet et le dépose sur le bord de la fontaine.

Jean
Ça vaut combien ?

Paulette
Je ne sais pas… au moins dix sous.

Josette
Dis ! C'est ma tante qui te l'a offert, ça vaut bien plus !

Paulette
Mais je veux bien l'échanger pour moins.

Josette
Alors il faut que tu l'échanges contre deux objets.

René
Ah ben, elle a le sens des affaires la Jojo !

Un lunetteux de leur âge s'approche.

Jean
Regardez ! Le lèche-cul a son air de *Je veux vous demander queq' chose.*

Paulette
(minaudant)
Vous n'êtes pas sympas, les garçons ! C'est quand même le fils de notre directeur d'école.

Jean
C'est bien pour ça qu'on ne lui a pas encore cassé la gueule !

Marc
(s'asseyant sur le rebord de la fontaine)
Bonjour.

Jean, Louis et René
(froids)
Salut.

Marc les regarde échanger leurs babioles.

Marc
Je peux participer ?

Jean
Ça dépend. Qu'est-ce que tu as à proposer ?

Marc
J'ai le livre des trois Mousquetaires…

Jean
Déjà lu. Qu'est-ce que t'as d'autre ?

Marc
J'ai un magazine sur l'Amérique avec plein de photos de gratte-ciels, de frigidaires, de machines à laver…

Jean
Va le chercher et on te dira.
Marc traverse la place en courant et revient bientôt avec le magazine caché sous son pull.

Marc
(avant de l'extraire)
Et vous, vous me donnez quoi en échange ?

Jean
(à voix basse)
On a des cigarettes.

Marc
(impressionné)
Vous avez des cigarettes ?
Jean en aligne cinq dans sa paume.

Jean
Tu nous files le magazine et on te file quatre cigarettes.

Marc
Non, cinq !

Jean
Dac, pour cinq.
Marc extrait le magazine et le tend à Jean.

Marc
Vous avez intérêt à faire gaffe parce que si mon père voit que je vous l'ai filé, il va venir vous le redemander.

Dans le fond de la place, un collégien à l'attitude arrogante, HENRI, s'installe à la terrasse du salon de thé. Jean lui lance un regard noir tandis que Marc lui adresse un sourire mielleux.

Marc
(hautain)
Bon, allez, dépêchez-vous. Il faut que j'y aille.
Il prend rapidement les cigarettes et rejoint Henri.

Louis
(méprisant)
Quelle enflure !

René
Je parie que pour se faire bien voir il va lui donner nos ci-

garettes ! Qu'est-ce que t'as mis dedans Jeannot ?

Jean

De la sciure !

Ils partent d'un gros éclat de rire. Contre-champ sur le salon de thé.

Henri

(supérieur)

Je me demande ce que tu trouves à ces minables !

Marc

(ouvrant la main)

Je leur ai acheté des cigarettes.

10. EXT JOUR. DANS LES ENVIRONS DU LAVOIR, JUIN 1945.

Assis sur un monticule surplombant le lavoir, Jean, René, Louis, Josette et Paulette, penchés sur le magazine, admirent les photos de l'Amérique. En contrebas, quatre femmes battent le linge. Jean met son doigt sous la légende d'une machine à laver.

Jean

Écoutez-ça ! « Chaque Américaine dispose chez elle d'une machine à laver le linge. Son seul travail est de la remplir et de la vider. De ce fait, les Américains changent de chemise tous les jours ! »

René

Tous les jours ? Mais ils ne doivent plus avoir d'odeurs !

Louis

(s'arrêtant sur une autre photo)

Oh, regardez, la fameuse armoire du froid.

Jean
T'es con, toi ! Ça s'appelle un réfrigérateur !

Paulette
Tu sais, il y en a aussi en France, dans les villes ! Ça s'appelle des glacières. Je connais quelqu'un qui en a une.

René
Ouais, mais eux, ils sont beaucoup plus en avance. Ils ont ça depuis la guerre de quatorze !

Josette
Et ça ! Ce balai électrique qui aspire la poussière !

Jean
Regardez leurs voitures ! Elles sont gigantesques, et ces couleurs !

Jean regarde les femmes battre le linge et le rincer dans la rivière.

Jean
Vous imaginez si nos mères avaient des machines à laver ?

Josette
Oh oui, alors ! Qu'est-ce qu'elle serait contente la mienne.

Louis
Oui, mais moi, je n'ai pas envie de changer de chemise tous les jours.

Josette
Ça te ferait pourtant du bien, petit Louis !

Louis
Pourquoi ?

Jean
Parce qu'il y a des fois où tu sens vraiment le bouc.
Louis
Oh, ça va !

Ils rient. Au même moment, une Peugeot 402 pénètre dans le village. Les jeunes se regardent, étonnés.

Jean
Une voiture !
Paulette
Qui peut bien avoir acheté une voiture ?
René
Venez, on va demander !

Jean ramasse en vitesse le magazine et dévale la pente, suivi par René, Louis et Josette. Ils courent derrière le véhicule.

Paulette
(pleurnichant)
Mais attendez-moi.
Josette
Oh, qu'est-ce qu'elle a encore celle-là ?
Jean
S'il te plaît, Jojo, attends-là, sinon elle va aller raconter à ma mémé que j'ai été méchant avec elle.
Josette
(bougonnant)
C'est toujours moi qui ai la corvée !

La voiture s'arrête devant chez le boucher. Les garçons s'approchent pour la regarder.

11. EXT FIN DU JOUR. LA COUR DU TEMPLE. JUIN 1945.

En culotte courte bleu marine, chemisette kaki et chapeau marron, les éclaireurs protestants se rassemblent devant le temple. Un éclaireur plus âgé les encadre.

L'éclaireur de 18 ans
La troupe Duverney à gauche… la troupe Bastianou, à droite.
Les troupes se mettent en place. Jean sort du rang.

Jean
Attendez ! Et si, pour une fois, on faisait quelque chose ensemble ?

Henri *(troupe Duverney)*
(hautain)
Mais qu'est-ce qu'il croit, le cul-terreux ?

Claude *(troupe Duverney)*
Sans vous vexer, on n'a pas les mêmes centres d'intérêt.

Émile *(troupe Duverney)*
Nous, on est portés sur les activités intellectuelles alors que vous, vous êtes plus proches de la nature et des bêtes.

Henri
Nous, il nous arrive de passer des heures à lire ! Et ce n'est qu'un exemple.

Jean
Mais tu nous prends pour qui, toi ? Nous aussi on passe des heures à lire ! Tu sais combien de livres j'ai lus ? Je suis sûr que j'en ai lu plus que toi !

Henri
Alors ça, ça m'étonnerait ! À part la Bible, je me demande bien ce que tu sais lire ! *(sortant un magazine en anglais)* Tiens, on va faire un test ! Si t'arrives à lire ça sans fautes, on accepte exceptionnellement de faire un truc avec vous !

Jean fronce les sourcils.

Jean
Mais c'est de l'anglais !

Henri
Et alors ?

Jean
On n'en fait pas au cours complémentaire et tu le sais !

Henri
(cynique)
Quand je te disais qu'on n'avait pas les mêmes lectures.

Jean
Ah ! Parce que tu lis couramment l'anglais, toi, peut-être ?

La troupe Duverney jubile.

Henri
Parfaitement ! Même qu'on m'appelle Shakespeare. Si tu étais moins nul tu comprendrais peut-être le trait d'esprit !

Le pasteur s'approche discrètement. Les éclaireurs ne l'ont pas remarqué.

Jean
Tu sais, on sait qui est Shakespeare, il ne faut quand même pas nous prendre pour des imbéciles !

Pasteur Trocmé

Vas-y Henri, on t'écoute ! Parle-nous de Shakespeare.
Soudain gêné, Henri bredouille.

Henri

Ben, c'est un auteur anglais du seizième siècle qui a écrit de nombreuses pièces de théâtre.

Pasteur Trocmé

Tu peux nous les citer ?

Henri

(de plus en plus mal à l'aise)
Roméo et Juliette…

René

Tu parles ! Même nous on sait ça !

Henri

La Mégère apprivoisée, Macbeth…
Il essaie de se souvenir.

Jean

C'est tout ce que tu te rappelles ? En fait c'est pas mieux que nous !

Henri

Oh, ça va, toi !

Pasteur Trocmé

Pour aujourd'hui je propose que la troupe Duverney apprenne à la troupe Bastianou à lire l'anglais. Mettez-vous par deux, un Duverney, un Bastianou et à la fin de la journée on verra lequel des éclaireurs de la troupe Duverney a obtenu les meilleurs résultats.

Henri
Mais monsieur, ils n'ont pas du tout le niveau intellectuel pour apprendre l'anglais. Autant enseigner à leurs vaches et à leurs cochons !

La troupe Bastianou se met à le huer violemment.

Claude
Et puis, ça ne peut pas marcher, ils sont huit et nous on est neuf !

Pasteur Trocmé
Justement ça tombe bien ! Henri va nous traduire pendant ce temps le chapitre sur les Corinthiens.

Henri
Mais, monsieur, c'est impossible sans dictionnaire.

Pasteur Trocmé
Tu en trouveras un au presbytère.

Henri
(furieux)
C'est complètement injuste !

Jean
(tout bas à Henri)
Alors… on fait moins le malin, maintenant !

Henri
Bouseux, va !

12. INT JOUR. LE TEMPLE. JUIN 1945.

Assis deux par deux dans la salle de catéchisme, les couples Bastianou-Duverney déchiffrent les grands titres d'une page du Herald Tribune.

Jean

Tu comprends tout ?

Claude

Euh… en fait, c'est pas écrit pareil le journal. Bon allez, vas-y, je t'écoute !

Jean

Mais comment veux-tu que j'y aille si tu ne me donnes pas d'indications ?

Claude

Mais je ne suis pas prof, moi ! Commence à lire et je te corrige au fur et à mesure.

Jean
(déchiffrant)

Té trops…

Claude

T-h-e c'est l'article et ça se dit Ze, comme Z-E et deux o ça fait ou. Bon, vas-y, reprends !

Jean

Ze troups vill returne…

Claude

En anglais il y a pas de u. Ici, le u se prononce comme le oe de œuf et le w comme pour whisky.

Jean

Retoeurn ?

Claude

Ah, j'oubliais… le e se prononce i.

Jean

Ritoeurn ?

Claude

C'est ça !

Jean

Ze troups will ritoern home… et ça veut dire quoi ?

Claude
(hésitant)
Troups… j'sais pas. On n'a pas encore vu.

Jean

C'est pas les troupes, par hasard ?

Claude

Ah si, tu as raison. C'est les troupes. Donc … ça veut dire… : « Les troupes vont rentrer à la maison ».

Jean

Home c'est maison ? Comme un home d'enfants ?

Claude

Oui.

Jean

C'est marrant !

13. EXT JOUR. UN CHAMP, UN TROUPEAU DE VACHES, UNE FERME. JUILLET 1945.

Le Lizieux, la montagne de lauzes à deux bosses, se découpe dans le ciel bleu. Jean lit un livre de la collection verte, le dos appuyé contre un arbre, au milieu d'une coulée de phonolithe. Ses genoux sont remontés sous son menton, il porte un short et des espadrilles. De temps à autre, il regarde ses dix vaches qui paissent tranquillement, à quelques mètres, en contrebas. Titi, son chien noir et blanc fait des rondes, trottinant de l'une à l'autre avant de se recoucher à ses pieds, la truffe entre les pattes. Fréquemment, Jean dévisse le bouchon de sa gourde pour boire. Il éponge son front et chasse d'une main les mouches qui lui tournent autour.

Dans le prolongement, sur la droite, on aperçoit la ferme de Marie, composée d'une maison en phonolithe noire et d'une grange. Un paysan attèle deux bœufs à une charrue, une fermière remplit un seau à l'abreuvoir, une chèvre escalade un muret de pierres sèches.

Jean sort de sa besace une grosse tranche de pain et un quart de saucisson. Il coupe quelques tranches, retire les peaux et les donne à son chien qui le fixe d'un regard suppliant. Il jette ensuite un morceau de lauze sur une coulée de phonolithe. Le choc crée un son cristallin. Il écoute, comme s'il aimait particulièrement ce bruit. Au-dessus de sa tête sont suspendus à une branche quatre petits morceaux de lauze tenus par une ficelle qu'il se met à taper les unes après les autres avec un bâton. Les quatre lauzes donnent quatre notes différentes.

14. EXT NUIT. LA CUISINE DE LA FERME. JUILLET 1945.

La grosse Marie, une fermière bien charpentée, sert la soupe dans des écuelles émaillées. Trois paysans y trempent leur pain. Jean amène la cuillère à sa bouche et essaie de manger sans faire de bruit.

Paysan 1
C'est ton dernier été chez nous, mon Jeannot.

Marie
Oh, il pourra bien revenir garder les vaches encore un été.

Paysan 2
Pas à quinze ans quand même ! Et puis c'est presque un

monsieur maintenant. La cousine Lydie m'a dit que tu entrais à l'école professionnelle de Saint-Étienne ?

Marie
Fais-moi penser à te donner un bon pot de confiture de framboises...

Paysan 3
Qu'est-ce que tu dois être fier !

Jean
Je serai à l'internat et il paraît que la discipline y est dure.

Marie
Eh, mon Jeannot, il n'y a pas de mystère dans la vie ! Si tu veux faire autre chose que garder les vaches, il faut travailler !

15. EXT JOUR, LA PLACE DU VILLAGE, L'AUTOCAR. SEPTEMBRE 1945.

Jean embrasse sa mère et son père devant le magasin.

Samuel
Allez ! Reviens-nous en bonne santé pour Noël.
Lydie lui remet un petit sac rempli de victuailles.

Lydie
Tiens mon Jeannot. J'ai mis quelques rondelles de saucisson, une demi-tourte de pain bis et quatre œufs durs pour le voyage.

Le chauffeur de l'autocar hisse sa valise et celle de son ami René sur l'impériale. Les deux garçons sont sur le point de monter lorsqu'Henri les rejoint. Marco qui était avec lui reste à distance.

Henri
Alors, les paysans, on part en expédition vers la grande

ville ? Vous avez emmené un peu de bouse pour les jours de cafard ?

Jean veut lui envoyer son poing dans la figure mais René le retient et le pousse à l'intérieur du véhicule. L'autocar démarre. Sur le trottoir, Henri se bouche le nez avec un geste de la main qui semble dire « Bon vent ! » Jean serre les poings.

Jean
Tu aurais dû me laisser lui casser la gueule !

16. INT JOUR. INTERNAT DE SAINT-ÉTIENNE. SEPTEMBRE 1945.

Le grand dortoir comporte une trentaine de boxes, séparés par une cloison. Tous sont équipés d'un lit, d'une armoire et d'une petite bibliothèque. D'un côté l'allée, de l'autre une paroi vitrée donnant sur un déambulatoire. Un pion y fait les cent pas, vérifiant que tout le monde est couché.

Le pion
(d'une voix forte)
Et on se tait !

Joan
(à voix basse)
Eh, René, t'es couché ?

Interne 1
Chuuut !

Jean
Eh, René ?

René
(voix basse)
Oui, je t'entends. Qu'est-ce que tu veux ?

Interne 1
Eh, vous la fermez, vous deux ? On va encore être collés à cause de vous !

17. INT ET EXT JOUR. INTERNAT. TOUTES SAISONS. 1945 à 1947.

Série de séquences courtes. Le réfectoire : murs gris et dallage noir et blanc. Soixante adolescents en blouse noire, rassemblés par table de huit mangent en silence. Jean et René parlent tout bas. Le pion passe derrière eux et se met à hurler. Les adolescents sursautent.

Le pion
J'ai dit, silence ! Au fond de la salle, vous deux !

Jean
Mais monsieur, on n'a encore rien mangé !

Le pion
La prochaine fois, tu réfléchiras avant de parler. Et pour toi ça sera trois heures de colle en plus ! Ça te passera l'envie d'argumenter.

Jean et René se placent chacun dans un angle de la grande pièce aux murs gris.

Une salle de classe. Jean est debout à côté du tableau noir. Il répond à côté, la classe éclate de rire et le professeur l'envoie à la porte où se trouve déjà un autre élève puni. Le surveillant général passe et leur file une baffe à chacun.

La cour de récréation. Il neige. Jean, René et deux autres adolescents de leur âge se tiennent à l'écart. Ils ont les joues rouges et l'allure de petits paysans. Ils tournent en rond autour de la cour, dans leur manteau élimé, visiblement pas du tout intégrés au reste du groupe.

Jean
Qu'est-ce qu'on s'emmerde.

René
Plus que deux jours avant les vacances de Noël !
Un petit groupe les interpelle.

Externe 1
Alors, les paysans de la Haute-Bigue ! On a le mal du pays ?

Jean
Va d'on, connard !
La même scène se répète au printemps (cerisier en fleurs) puis en été (marronniers recouverts d'un feuillage vert). La similitude des propos échangés indique que le temps passe mais que Jean s'ennuie toujours autant et que ni lui, ni ses camarades ne se sont intégrés.
Le pion rassemble les soixante internes sous le préau.

Le pion
Bon, les catholiques, vous avez tous vos livres de messe ? Montrez-les que je vérifie !
Les soixante internes, sauf l'un d'eux, exhibent leurs missels.

Le pion
Où est le tien ?

Le garçon
Je n'en ai pas besoin, monsieur.

Le pion
Tu ne vas pas me dire en chemin qu'il faut que tu ailles le rechercher ? Parce que je ne tolèrerai pas une deuxième fois qu'on se moque de moi ! Vous croyez que je n'ai pas remarqué, la dernière fois, que ceux qui étaient allés chercher leur livre de messe ne sont revenus qu'à la fin ?

Les quatre petits paysans se mettent à rire. Le pion se tourne vers eux.

Le pion
Pour vous, les protestants, vous allez être obligés, une fois de plus, d'aller seuls au temple. On ne peut pas avoir de pion pour seulement quatre internes. Vous y allez et vous revenez et surtout vous ne vous arrêtez pas en chemin, compris ?

Jean
Compris, monsieur.
Ravis, les quatre petits paysans prennent la direction du temple, regardent derrière eux puis bifurquent et se mettent à courir à toute vitesse vers la place de la République où un orchestre joue sous un kiosque à musique. Ils s'achètent du coco et le lèchent avec délice tout en regardant les musiciens et l'assistance qui, malgré le froid, s'assoit sur les chaises pour écouter.

Jean
Quelle chance qu'on soit protestants ! Vous avez vu, les cathos ont essayé de faire pareil mais il les a à l'œil, le pion !
Ils rient.

Salle de classe. Les élèves sont assis et le prof de maths rend les copies.
Le maître
Lebrat… vous vous foutez de qui en rendant une page blanche ?

Jean
Je ne savais rien, monsieur.

Le maître
Mais vous le faites exprès, ma parole ! Je ne peux pas croire que vous soyez aussi nul ! Je vais demander à voir vos parents.

Élève 1
Il ne peut pas, monsieur. Ses parents sont des paysans de la Haute-Bigue !

Toute la classe éclate de rire à l'exception de Jean, René et des deux autres petits paysans.

Les élèves partent en promenade, en rang, le long d'un haut mur. De très rares voitures passent de temps à autre. Jean parle à René.

Jean
Je n'en peux plus de leurs putains de promenades !

Le pion
Lebrat ! On ne parle pas dans les rangs.

Jean
(à René)
Si seulement il pouvait me punir pour que je n'y aille plus !

Le pion
Lebrat, la semaine prochaine vous serez collé !

Jean
Chouette alors !
Tout le monde éclate de rire.

Le pion
Et la semaine d'après aussi !

Jean
Alors, là, encore plus chouette !
Nouvel éclat de rire général.

Le pion
Ça suffit, Lebrat ! Vous serez collé tous les dimanches du mois.

18. EXT JOUR. LE VILLAGE DU CHAMBON. JUILLET 1947.

Le car ramène Jean et René pour les vacances d'été. Il fait beau. Jean descend du car et traverse la place en courant. Il entre dans le magasin de sa mère et se rue vers la cuisine. La famille est attablée. Jean embrasse à tour de rôle sa mère, sa mémé, son père, Thérèse, son frère Maurice et son neveu et sa nièce qu'il prend dans ses bras.

Jean
Mais c'est que je ne t'avais pas encore vue, toi !

Thérèse
Attention ! Elle vient de manger !

Lydie
Aller, viens te mettre à table. J'ai fait un bon gigot.

Samuel
On t'a attendu mais quand on nous a dit que ton car aurait du retard on a commencé.

Samuel verse le vin dans les verres. Il regarde Jean qui tend son assiette à sa mère.

Samuel
Une petite goutte ?

Lydie
Mais ça ne va pas ! Il n'a que seize ans ! Tu crois qu'il a vraiment besoin de ça ? Tu as vu ses notes en classe ? Et tu veux le faire boire, en plus ?

Gêné, Jean repose son assiette qui vient d'être remplie et coupe sa viande en essayant, le plus possible, d'éviter les regards.

Maurice
Mais pourquoi tu as de si mauvais résultats ? Si c'était le collège je comprendrais mais là ce n'est que l'école professionnelle. Ce n'est quand même pas bien sorcier ce qu'ils te demandent !

Samuel
On a dit qu'on en parlerait plus tard.
Jean essaie d'attraper un morceau de pain mais n'atteint pas la panière. Sa mère le regarde, l'oeil sévère.

Lydie
C'est à force d'être collé que tu as perdu ta langue ?

Jean
(honteux)
Je peux avoir un morceau de pain, s'il te plaît m'man.
Lydie lui fait passer la panière.

Thérèse
(changeant de sujet)
Eh bien figure-toi, mon Jeannot, que depuis qu'on est à Freceney, ton frère et moi, on vient au Chambon presque tous les mois.

Samuel
Si vous aviez une voiture vous pourriez venir plus souvent.

Maurice
Une voiture ! Comme il y va le père ! Tu sais combien ça coûte une voiture, p'a ? Ce n'est pas avec deux salaires d'instituteurs qu'on va arriver à s'en payer une !

Thérèse
Et puis il faut passer le permis… Moi, j'ai un cousin qui s'est fait recaler quatre fois et, entre les examens, ils lui ont demandé de reprendre dix leçons ! Résultat, ça lui a coûté une fortune ce permis !

Maurice
Tiens, par exemple, dis-moi, qui, au Chambon, a une voiture ?

Samuel
Le médecin, le pharmacien, le pasteur…

Maurice
Tu vois… que des gens importants…

Samuel
Mais il y en a aussi qui ont des camionettes…

Maurice
(dans un rire)
Je ne voudrais pas être vaniteux comme Pierrot mais je n'ai quand même pas envie qu'on me prenne pour un artisan !

Jean
Ah, tiens, au juste, il est où Pierrot ?

Samuel
À Paris.

Jean
À Paris ?

Maurice
(avec l'accent parisien)
Comme ça, monsieur peut dire maintenant qu'il habite Paris.

Jean
Et qu'est-ce qu'il y fait ?

Samuel
Il a trouvé un emploi dans une petite entreprise d'électricité.

Maurice
Tu vois, si tu voulais étudier, tu pourrais te trouver un travail. Lui, il l'a bien faite, l'ENP. Il n'en est pas mort !

Samuel
Bon, c'est quoi ce que tu n'aimes pas là-bas, mon Jeannot ?
Jean baisse la tête.

Jean
Tout ! C'est moche, c'est gris, il n'y a pas de campagne, les pions nous punissent sans cesse, les enseignants favorisent les externes, on n'a pas le droit d'aller aux cabinets quand on en a envie...

Lydie se lève pour débarrasser et ramène la salade.

Jean
Et, en plus, les externes nous appellent les « paysans de la Haute-Bigue »...

Samuel part d'un très gros éclat de rire.

Jean
(furieux)

Ce n'est pas drôle. Ici, les collégiens nous traitaient de bouseux et là-bas les externes nous traitent de paysans.

Samuel continue de rire. Énervée, Lydie lui retire la bouteille de vin et l'enferme dans le buffet. D'un coup, il devient sérieux.

Samuel
(en colère)

Ramène-moi cette bouteille !

Lydie
(cinglante)

Non, tu as assez bu ! Ce n'est pas un exemple à donner à ton fils ! Il ne fait déjà pas grand-chose…

Jean

Je ne retournerai pas dans cette école.

Samuel
(manquant de s'étrangler)

Qu'est-ce que tu dis ?

Jean

J'ai fait deux ans, ça suffit. Je n'y retournerai pas.

Lydie

Mais enfin ! Il ne te reste plus que deux ans pour obtenir ton diplôme de technicien.

Jean

Je m'ennuie trop. Je ne supporte pas leur discipline complètement imbécile. C'est décidé, je n'y retournerai pas.

Lydie
(à Samuel)
Tu vois, à tout lui passer… Tu en as fait un bon à rien.

Samuel
(à Lydie) Ne le juges pas si vite. Il a du potentiel, mon Jeannot. *(à Jean)* Et qu'est-ce que tu comptes faire ?

Jean
Commencer un apprentissage.

La nouvelle jette un froid. La mémé lui caresse le dessus de la main.

La mémé
Tu as raison, mon Jeannot… Après le déjeuner tu iras voir Paulette et Josette ! Elles n'ont pas arrêté de demander après toi…

19. EXT JOUR. LA PLACE DU VILLAGE. JUILLET 1947.

Paulette, Josette, René et Jean discutent sur la place. Les deux filles sont assises sur un banc et les garçons, par terre, en tailleur.

Josette
Tu pourrais nous avoir du ruban ? Ta mère a certainement des chutes dont elle ne se sert pas.

Jean
Je lui demanderai.

René
Alors, qu'est-ce qu'il s'est passé ici ?

Josette
Toujours pareil. Henri le Parigo se fait toujours appeler Shakespeare… Marco ne nous adresse plus la parole…

Jean
Et la prof d'anglais, l'Américaine, elle est toujours là ?

Paulette
Oui, mais elle a un fiancé maintenant !

Jean
Qui ça ?

Josette
Ah, elle te plaît cette grande girafe aux cheveux rouges !

Josette
Regarde ! Shakespeare est là-bas.
Jean regarde Henri qui lit, assis sur un banc. Il ne l'a pas remarqué.

20. INT JOUR. MAGASIN DE LYDIE. JUILLET 1947.
Lydie discute avec une cliente qui choisit des bas.

La cliente
C'est quand même dommage que votre Jeannot n'ait pas continué dans cette école. Il aurait pu devenir technicien… Alors que là, qu'est-ce que vous allez en faire ?

Lydie
Que voulez-vous, il n'est pas fait pour les études. Enfin ! Il va commencer un apprentissage et on verra bien. Pour l'instant je ne m'inquiète pas trop car il lit beaucoup pour sa confirmation… Heureusement qu'il y a le temple !

La cliente
Déjà sa confirmation ?

Lydie
Il a seize ans, mon Jeannot !

21. INTÉRIEUR JOUR. UNE SALLE DE COURS DANS LE TEMPLE. JUILLET 1947.

Une dizaine de jeunes, filles et garçons de seize ans, en costume du dimanche, entourent le pasteur.

Pasteur Trocmé
Tout à l'heure, vous vous placerez à côté de moi après le dernier cantique et je vous tendrai la coupe et le pain. Vous tremperez pour la première fois vos lèvres dans le sang du Christ et vous mangerez le pain, comme l'ont fait les apôtres… Vous vous sentez prêts ?

Les jeunes hochent la tête, émus.

Pasteur Trocmé
Pourquoi Jésus, cet homme merveilleux est-il mort sur la croix avec toutes les souffrances qui s'y rapportaient ? Pourquoi Dieu permet-il que des épreuves arrivent à des gens bien ?

Fille 1
Dans la Genèse, verset 3, il est dit que la maladie, les handicaps physiques et la mort font partie de la vie de tous les jours depuis la chute de l'homme.

Pasteur Trocmé
C'est vrai, mais certaines afflictions ne constituent-elles

pas aussi un jugement pour notre mauvaise conduite ?

Jean
Il arrive souvent qu'on manque de sagesse dans nos décisions, qu'on néglige nos responsabilités ou qu'on prononce des paroles irréfléchies.

Fille 2
Et nous tenons Dieu et les autres hommes souvent responsables de ce qui provient, en fait, de nos propres erreurs.

Jean
La Genèse dit que nous sommes responsables de nos choix personnels. Donc, nous ne pouvons ne nous en prendre qu'à nous-mêmes.

Pasteur Trocmé
C'est très juste. Nous ne devons jamais attribuer les circonstances de la vie à une malchance passagère ou sans signification.

22. EXT JOUR. LE TEMPLE. PRÈS DE LA CHAIRE. JUILLET 1947.

Le temple est plein à craquer. Le pasteur descend de sa chaire et appelle d'un geste de la main les jeunes aperçus dans la séquence précédente. Ils se lèvent et se mettent de chaque côté du pasteur. Dans le même temps, l'assistance se resserre autour de l'officiant, formant un grand cercle.

Debout, devant la Bible ouverte, le pasteur soulève une coupe d'argent et la porte à ses lèvres.

Pasteur Trocmé
Notre Seigneur Jésus Christ dit : « Bois, ceci est mon sang ».

Il tend la coupe à Odette qui y trempe ses lèvres et la passe à Jean qui fait de même. Le pasteur tend une deuxième coupe à René, debout sur sa gauche. Puis il prend une panière remplie de morceaux de pain et en met un dans sa bouche.

Pasteur Trocmé

Et Jésus dit : « Mange, ceci est ma chair… »

Les panières et les calices passent maintenant sur toutes les lèvres et entre toutes les mains des paroissiens. Le silence est absolu. Les jeunes communiants se regardent. Ils semblent heureux et troublés. Quelques personnes ne se sont pas levées, dont Henri.

L'officier du culte récupère les calices et les panières. Les paroissiens regagnent leur place, tandis qu'une poche en tissu noir suspendue au bout d'une longue perche, circule dans les rangs pour l'offrande. L'orgue entame un cantique de Bach.

23. INT JOUR. UNE MAISON VIDE EN CHANTIER. FIN AVRIL 1948.

Un homme d'une quarantaine d'années, portant bleu de travail et outils regarde Jean installer une prise de courant.

Russier

C'est l'heure du casse-croûte, tu viens ?

Jean et l'homme s'installent sur une caisse à outils et sortent d'une serviette à carreaux du pain et des rondelles de saucisson.

Jean

Vous savez que dans trois mois ça fera un an que je travaille avec vous ?

Russier

Déjà ? Le temps passe vite. Et tu as des idées pour la suite ?

Jean
Je ne sais pas. Travailler encore une autre année avec vous si vous êtes d'accord. Après, je verrai.

Russier
Tu es jeune, tu es intelligent… Tu devrais reprendre tes études.

Jean
Ah, ça, non ! Ça, ça ne crains pas !

Russier
Tu n'as pas aimé l'école de Saint-Étienne mais il y a d'autres villes… Ici, Jeannot, tu n'as pas d'avenir…
Jean ne semble pas apprécier la conversation. Il se lève, essuie ses mains sur son pantalon et se remet au travail.

24. EXT JOUR. LE CARREFOUR. FIN AVRIL 1948.

Jean discute avec trois camarades, regardant la rue de temps à autre. Henri passe, un livre à la main. Il le snobe d'un air hautain et va s'asseoir à la terrasse du café. Il pose son livre sur ses genoux et fixe le groupe, goguenard, en buvant sa menthe à l'eau.

Jean
Il me cherche ou quoi ? Pourquoi il vient là sans cesse lire ses livres d'anglais sous notre nez ? Il n'a pas assez de son collège de rupins, ce Parigot ? Il lui faut encore narguer notre village ?

Élie
Si tu ne le regardais pas il finirait par s'arrêter. Tu sais, quand tu n'es pas là, il ne se donne pas tant de peine.

Jean
Je n'aime pas sa manière de nous rabaisser.
Le pasteur descend la rue de la mairie, une sacoche sous le bras. D'un geste discret il appelle Jean. Intrigué, Henri les observe.

Pasteur Trocmé
(à voix basse)
Dis-moi, mon garçon, ça te dirait de partir en Amérique et d'y reprendre tes études, tout en travaillant dans une ferme ? Ce serait dès la rentrée, mais que pour deux ans.

Jean
(stupéfait)
Moi ?

Pasteur Trocmé
Oui, toi !

Jean
(impressionné)
En Amérique ! Moi, en Amérique ? Oh, que oui ! Bin diou! Deux ans en Amérique !

Pasteur Trocmé
Alors, parles-en à tes parents et on se revoit dans quelques jours. Mais, pas un mot autour de toi, d'accord ?
Le pasteur reprend sa route. Jean reste pétrifié. Ses camarades le rejoignent.

Louis
T'en fais une tête ! On dirait que tu as croisé un revenant !

Comme Jean ne réagit pas, Élie lui donne une tape sur l'épaule.

Élie

Eh, ça va ?

Jean

Ça va même rudement bien.

Jean aperçoit la camionnette de Russier et lui fait signe.

Jean
(pour lui-même)

Alors là ! Si j'avais pu imaginer une chose pareille !

Il ramène les deux mains devant sa bouche comme pour contenir un cri de joie et se dirige vers la camionnette qui s'est arrêtée. Louis et Élie le suivent, perplexes. Jean monte et la camionnette repart.
Henri les aborde.

Henri

Dites, il lui voulait quoi le pasteur ?

25. INT NUIT. CHAMBRE DE JEAN. FIN AVRIL 1948.

La pièce comprend un lit une place, un petit bureau, une armoire et une étagère. Jean sort de dessous son lit le magazine sur l'Amérique et le feuillette, admirant les gratte-ciels et les grosses voitures. Puis il cherche parmi ses livres son manuel de géographie, l'ouvre à la page « carte du monde » et mesure avec son doigt la distance qui sépare l'Amérique de la France. Il est animé d'une joie véritable.

26. INT JOUR, LA CUISINE. FIN AVRIL 1948.

Sur un coin de table, Jean épluche les pommes de terre avec la mémé. Assis en face d'eux, Samuel remplit deux verres de vin, jette un coup d'œil rapide à sa femme occupée au fourneau et en pousse un vers Jean. Lydie, se retourne, ramasse le verre et reverse son contenu dans la bouteille.

Samuel
Mais tu es ridicule ! Tu le couves trop ton fils !

Lydie
Je t'ai dit mille fois de ne pas le faire boire !

Samuel
Mais il a dix-sept ans et ça fait un an qu'il travaille.

Lydie
Neuf mois seulement et il est en apprentissage, nuance !

Samuel
Et alors ? Ça n'interdit pas de lui faire boire un verre.

La mémé
Lydie a raison. On tombe bien assez tôt dans la bouteille.

Samuel
Si mémé s'y met aussi !

Samuel est en colère et se reverse un verre. Jean continue d'éplucher les pommes de terre.

Jean
J'ai croisé le pasteur Trocmé, hier, et il m'a fait une proposition pour la rentrée. Il m'a demandé de vous en parler.

La famille attend, intriguée.

Jean
Il m'a proposé de partir en Amérique et d'y reprendre mes études, tout en travaillant dans une ferme.

Tout le monde se regarde. Lydie abandonne son fourneau et s'assoit.

Lydie
Mais mon Jeannot, c'est inespéré ! Ils sont tellement en

avance là-bas. Regarde le nylon, ce qu'ils arrivent à inventer !

Samuel

Je crois qu'il faut y réfléchir calmement…
Samuel sort sa pipe et se met à la bourrer.

27. INT NUIT. LA CUISINE. MAI 1948.

La famille est réunie autour de la table : Pierre, Maurice, Jean, Lydie, Samuel, la mémé et le pasteur Trocmé. Jean étale une carte des États-Unis sur la toile cirée. Tout le monde se penche pour mieux voir, même la mémé. Le pasteur met son doigt au milieu de la carte et y colle un petit morceau de mie de pain.

Pasteur Trocmé

Voilà, c'est là. En Iowa. C'est une région très agricole.

Lydie

Mais c'est en plein milieu. C'est à combien de kilomètres de chez nous ?

Pasteur Trocmé

Sept mille cinq cents kilomètres…

Lydie

C'est si loin. Savoir mon Jeannot si loin…

Pasteur Trocmé

(montrant sur la carte)

Jean arriverait d'abord à New York en paquebot, de là il continuerait en train jusqu'à Chicago… et de Chicago jusqu'à Waterloo où Charles Slessor viendrait l'attendre…

Pierrot

Nom de Diou, mon Jeannot ! Tu vas voir l'Amérique !

Pasteur Trocmé

Attends, Pierrot ! Rien n'est sûr tant que Jean n'a pas envoyé sa lettre à Charles. C'est sur la base de cette lettre que Charles décidera s'il l'accepte.

Jean
(inquiet)
Mais qu'est-ce que je dois mettre dans cette lettre ?

Pasteur Trocmé
C'est ce qu'on appelle une lettre de motivation. C'est très courant en Amérique. Dans cette lettre tu expliques qui tu es, ce que tu as fait et surtout pour quelles raisons tu veux cette place. Cette lettre doit le convaincre que tu es la bonne personne pour cette opportunité de travail et d'éudes.

Jean
Parce qu'on est plusieurs ?

Pasteur Trocmé
Je ne sais pas. C'est pour cela qu'il faut soigner la lettre.

Maurice
Mais l'anglais ? Jeannot ne sait pas dire un mot.

Pasteur Trocmé
Je m'arrangerai avec le Collège pour que Jean puisse prendre quelques cours.

Jean
La lettre doit être en anglais ?

Pasteur Trocmé
Absolument. Mais il te suffit de l'écrire en français et Su-

zanne ou moi, nous t'aiderons à la traduire en anglais.
La famille se regarde, à la fois troublée et inquiète. La mémé se lève et met de l'eau à chauffer.

Lydie
Et le voyage coûte combien ?

Pasteur Trocmé
C'est très cher mais Charles Slessor en paiera la moitié.

Lydie
Cela signifie qu'il nous resterait combien à débourser ?

28. INT NUIT. CHAMBRE DE JEAN. MAI 1948.

Un matelas est posé à côté du lit de Jean. Pierre s'allonge sur le matelas, Jean s'assoit à son bureau.

Pierre
Quand je pense que je vais dire à mes collègues que mon petit frère étudie en Amérique ! Ça, ça va leur en boucher un coin !

Jean
Hé, c'est pas encore gagné. Tu as entendu... Le prix du voyage équivaut à un an du chiffre d'affaires du magasin de maman ... Comment veux-tu que les parents obtiennent une telle somme ?

Pierre
Maurice et moi, on aidera.

Jean
Ça ne sera jamais suffisant. Et papa qui ne travaille plus depuis que la citerne des pompiers lui a esquinté les mains... où veux-tu qu'ils trouvent l'argent ?

Pierre
Ne t'en fais pas. On trouvera. Aller, éteins la lumière et viens te coucher.

Plus tard. Le jour se lève. Des boulettes de papier jonchent le sol. Jean est à son bureau, devant une page blanche qu'il noircit peu à peu. Il relit, se concentre, rature un mot, en ajoute un autre, rature tout un paragraphe puis jette une nouvelle boulette sur le sol. Pierre remue sur son matelas et regarde le réveil.

Pierre
(endormi)
Tu as vu l'heure ? Le jour va se lever. Qu'est-ce que tu fais ?

Jean
J'écris ma lettre de motivation. Ça fait dix heures que je suis dessus.

Pierre
Tu ne t'es pas couché ?
Jean tend à Pierre ce qu'il vient d'écrire. Pierre regarde.

Pierre
Tu dis que tu gardais les vaches au Lizieux... Mais c'est ridicule ! Il faut retirer ça. En quoi ça le regarde ?

Jean
Mais je n'en ai pas honte et Charles veut un jeune qui s'y connaît en vaches. Ça me semble important d'en parler.

29. INT JOUR. LE TEMPLE. MAI 1948.
Debout, dans l'allée centrale, le pasteur relit la lettre de Jean.

Pasteur Trocmé
C'est bien mon garçon. Maintenant tu vas aller voir Suzanne au Collège. Je lui en ai parlé. Elle t'aidera à la traduire. Et, si tes parents sont toujours d'accord pour que tu partes, il faudra l'envoyer sans plus tarder parce qu'on est déjà en mai.

Jean
Justement… j'ai peur qu'ils changent d'avis. Ma mère trouve que c'est trop loin et mon père ne dit rien plus rien.

30. EXT JOUR, L'ATELIER DE SAMUEL. MAI 1948.
Samuel est en train de finir un meuble, gêné par le handicap de sa main gauche qui est quasiment paralysée. Un de ses camarades entre.

Le copain
Ben alors Samuel, tu te remets à l'ouvrage ? Ça fait bien douze ans que tu n'as pas fait bouger ta pauvre main…

Samuel
Il faut bien. J'ai deux tables à livrer dans deux jours.

Le copain
C'est pour ton Jeannot que tu fais ça ? On en parle dans tout le village ! Il part pour l'Amérique, à ce qu'on dit.

Samuel
Ce n'est pas encore sûr. Le voyage est cher et la mère ne s'habitue pas à l'idée de le voir partir si loin.

Le copain
Tiens, tu ne me ferais pas une table à moi aussi ?

Samuel
Tu la veux pour quand ?
Le copain
Oh, tu sais, il n'y a pas d'urgence mais je tiens à te la payer tout de suite…

31. EXT JOUR, LA BIBLIOTHÈQUE DU COLLÈGE. MAI 1948.

La bibliothèque a les murs recouverts de rayonnages bien achalandés. Une très grande table rectangulaire encadrée d'une dizaine de chaises occupe le centre de la pièce. Jean est assis à côté de Suzanne et prend sous la dictée. Elle vérifie de temps en temps ce qu'il écrit, écrasant son sein contre son coude.

Suzanne
And I wish I could…
Jean écrit. Suzanne vérifie.

Suzanne
(gros accent américain)
Non, "I" c'est toujours un i majuscule… could… ça prend un "l" mais tu ne le prononces pas…
Jean corrige tandis que Suzanne poursuit sa dictée.

Suzanne
Stay…
Henri pousse la porte et entre. Il a l'air très en colère. Il pose ses livres sur la table et s'assoit comme s'il était chez lui.

Suzanne
No, Henry… the library is closed. I put a note on the

door. You should have read it before getting in.

Henri
Mais qu'est-ce qu'il fait là, celui-là ? Il n'est même pas du Collège.

Suzanne
Je l'aide à traduire une lettre.

Henri
Une lettre !
Jean lui lance un regard haineux.

Suzanne
Oh, I thought you knew ! Jean is just about to leave for the States. He was chosen to go and study there for two years.

Henri
(hors de lui)
Lui ? Mais c'est franchement scandaleux ! Il ne sait même pas dire bonjour. S'il y en a un qui doit partir ici, c'est moi. J'ai les meilleures notes de tout le Collège en anglais.

Suzanne
Tu as peut-être les meilleures notes mais ce n'est pas ce critère que le pasteur a retenu.

Henri
Alors là, vous pouvez être sûrs que le pasteur Trocmé va revenir sur sa décision. Mon père est très influent et je vais lui demander de l'appeler.

Suzanne
Tu sais, le pasteur est connu pour avoir résisté pendant

toute la guerre à la Guestapo alors je doute que ton père lui fasse changer d'avis.

Henri
On va voir. Je vous répète que mon père est très influent.
Il sort en claquant la porte.

Jean
(inquiet)
Qu'est-ce qu'il va faire ?

Suzanne
Mais ne t'inquiète pas. Qu'est-ce que tu veux qu'il fasse ?

Jean
Je le connais. Il est prêt à tout.

32. INT JOUR. LA CUISINE. MAI 1948.
Samuel, Lydie et Jean sont assis autour de la table. Jean compte les billets.

Lydie
Bon, Jeannot, on a combien ?

Jean
Six mille.

Lydie
On n'y arrivera jamais. Je crois que ce serait plus sage de renoncer.

Samuel
Le grand Louis me doit une commode depuis 1936. Jeannot, il faudrait que tu ailles lui réclamer l'argent…

Lydie
Ce n'est pas ça qui va compléter. Il nous manque encore un tiers de la somme et je ne sais pas où la trouver. On ne va pas aller mendier tout de même.

33. EXT JOUR. À LA SORTIE DU TEMPLE. MAI 1948.
Henri attend le pasteur devant le temple. Celui-ci sort et Henri lui emboîte le pas.

Henri
Monsieur, il faut que je vous parle. C'est très urgent.

Pasteur Trocmé
Oui, Henri. Je te propose de faire un bout de route avec moi car j'ai rendez-vous sur la place.

Henri
J'ai appris que Jean Lebrat allait partir pour l'Amérique…

Pasteur Trocmé
Ah ! Je vois que les nouvelles vont vite.

Henri
Monsieur, si je puis me permettre… S'il y en a un qui doit partir en Amérique c'est moi. Je suis le meilleur en anglais.

Pasteur Trocmé
Je sais, Henri… mais comme j'ai expliqué à ton père qui m'a appelé ce matin, ce n'est pas sur ce critère que nous sélectionnons. Il faut aussi d'autres qualités.

Henri
Ah, parce que vous croyez peut-être que Lebrat les a ces qualités ?

Pasteur Trocmé
Allez mon garçon. On a tous les deux des choses à faire.
Le pasteur le laisse et entre dans la boulangerie.

34. INT JOUR, MAGASIN DE LYDIE. MAI 1948.

Lydie va et vient, rangeant dans des tiroirs les fournitures qu'elle vient de recevoir. Une femme un peu forte d'une quarantaine d'années (la cousine Pauline) boit une tasse de thé, assise sur une chaise dans le fond du magasin. À son apparence, on comprend qu'elle vient de la ville. Une petite valise est posée à côté d'elle.

La cousine Pauline
Mais enfin Lydie, qu'est-ce que tu veux qu'il apprenne ton Jeannot chez les cobois ?

Lydie
Le pasteur nous a dit que l'école était très bonne et que les Américains avaient un très bon enseignement…

La cousine Pauline
Ma chère cousine, je suis dans l'enseignement depuis vingt ans et je peux t'assurer que tous les pays du monde envient nos écoles… Tu vois bien qu'il faut qu'il reste ici !

Lydie
(lui mettant sous le nez une paire de bas nylon)
Pauline, un pays qui peut inventer des choses pareilles ne peut pas avoir de mauvaises écoles.

Pauline
(bouche bée)
Des bas nylon ! Même à Lyon on a du mal à en trouver. Comment tu les as eus ?

Lydie
Alors ? Tu peux m'avancer ces cinq mille francs ?

Pauline
Si tu me prends par les sentiments...

35. EXT JOUR. LE CARREFOUR. MAI 1948.
Henri et Marc sont assis sur les marches de la mairie et discutent. Henri a le visage fermé.

Henri
En fait, il faudrait savoir où ses parents rangent le fric pour son voyage.

Marc
Mais tu n'as quand même pas l'intention de leur voler cet argent ?

Henri
Pas de le voler mais de le cacher pendant quelques temps.

Marc
Mais ça ne va pas, la tête ? Mon père a beaucoup de respect et d'estime pour son père, je te signale.

Henri
Bon, d'accord. Ça c'est peut-être un peu trop. Mais cette lettre qu'il doit envoyer là-bas... on peut faire en sorte que l'autre ne la reçoive jamais. On peut se planquer à côté de la poste...

36. INT JOUR. LA POSTE. MAI 1948.
Jean se tient devant la guichetière. Sa lettre est sur la balance.

La postière
Alors, c'est vrai ce qu'on dit ? Tu pars vraiment en Amérique ? Tu sais, tout le monde en parle au village.

Jean
Ce n'est pas encore sûr. Il faut que je sois accepté. C'est cette lettre qui va tout décider.
La guichetière regarde l'enveloppe. La fenêtre est ouverte. On aperçoit Henri. Il est appuyé contre le mur et écoute.

La postière
C'est où ça l'Iowa ?
Elle prononce l'Iova, comme Jean.

Jean
En plein milieu de l'Amérique.

37. EXT JOUR. DEVANT LA POSTE. MAI 1948.
Le facteur charge le sac dans son fourgon. La guichetière sort de la poste et ferme la porte à clefs. La pendule de la mairie indique midi. Henri attend que la guichetière ait disparu pour aborder le facteur.

Henri
(très poli)
Bonjour monsieur. Je suis un élève du Collège et il faut que je retrouve la lettre que j'ai postée il y a une heure. C'est très important. Elle part pour l'Amérique et j'ai oublié d'y mettre un document essentiel. Vous pouvez m'aider à la chercher ?

Le facteur
Mais je ne peux pas faire ça.

Henri
(sur le point de pleurer)
Aidez-moi s'il vous plaît. C'est tellement important.
Le facteur bougonne et ouvre le sac. Henri plonge ses mains dans les lettres.
La postière qui descend la rue se frappe soudain le front comme si elle avait oublié quelque chose. Rebroussant chemin elle découvre Henri à côté du sac ouvert.

La postière
Mais qu'est-ce que vous faites là, vous ?

Le facteur
Ce jeune homme doit récupérer sa lettre pour l'Amérique.
La postière voit la lettre de Jean qu'Henri essaie de dissimuler dans son pantalon. Elle la lui arrache des mains.

La postière
(courroucée)
Mais c'est la lettre de Jeannot ! Il est venu me la porter lui-même.
Elle la rend au facteur.

Henri
(ne se démonte pas)
Il m'a demandé de la récupérer. Il avait oublié d'y mettre quelque chose d'important.

La postière
Il ne t'a rien demandé du tout. Aller, file avant que je ne prévienne les gendarmes. C'est une tentative de vol de correspondance, ça !
Henri s'en va rapidement.

La postière
Mais toi, Gustave, ça ne va pas d'ouvrir les sacs ?

Le facteur
Je ne pouvais pas me douter, moi ! Il était très bien mis ce jeune… et très poli.

La postière
Mon pauvre Toinou. Le diable aussi était très bien mis.

38. EXT JOUR. LE MAGASIN DE LYDIE. JUIN 1948.

Paulette entre, tout excitée. Samuel aide sa femme à ranger des boîtes. Lydie est tout en haut de l'échelle.

Paulette
Bonjour monsieur et madame Lebrat, il y a un pasteur américain chez notre pasteur. Il va venir vous voir mais il faut que Jeannot y soit. On m'a chargée de vous prévenir. Jeannot n'est pas là ?

Lydie
Ben non, ma petite Paulette, tu sais bien qu'il travaille tous les jours avec Édouard Russier.

Paulette
Mais je croyais que maintenant qu'il partait pour l'Amérique il avait arrêté de travailler pour prendre des cours d'anglais ?

Lydie
D'abord, ce n'est pas encore sûr qu'il parte, ensuite les cours d'anglais ont lieu le soir, au Collège. Jeannot sera là à huit heures.

Paulette

Bien madame Lebrat. Je le dis au pasteur. Vous devez être fiers pour lui …
Elle sort.

Lydie

Ça m'ennuie que tout le village en parle. Si on ne peut pas payer son voyage notre Jeannot sera bien déçu.

Samuel

On y arrivera, ne t'en fais pas. Avec ce que nous a donné ta cousine, on a presque toute la somme maintenant.

39. EXT JOUR. MAISON DE CHARLES SLESSOR. JUIN 1948.

La grosse Buick noire du facteur freine devant la boîte aux lettres de forme cylindrique. Il dépose le courrier sans même descendre de voiture et s'apprête à repartir lorsque Charles apparaît.

Le facteur

(par la vitre)

Hi Chuck ! You have a letter from France. I bet it's the boy.

Charles

(prenant le courrier)

Thanks Jo.
La Buick redémarre tandis que Charles prend la lettre et l'ouvre sous le patio de la maison (en bois blanc), pour la lire.

Jean *(voix off, accent très français)*

Dear mister Slessor… My name is Jean Lebrat… Our priest André Trocmé told me that you would like to welcome a French boy for two years in your farm…

40. INT JOUR. LA CUISINE DES LEBRAT. JUIN 1948.

Lydie étale une nappe brodée sur la toile cirée et dispose des tasses à thé qui semblent sortir d'une boîte. La mémé pose une petite assiette à côté de chaque tasse et un gâteau au centre de la table.

Samuel
Mais je ne sais pas pourquoi tu fais tout ça ! Ce ne sont que des pasteurs !

Lydie
Il vient d'Amérique. Tu veux qu'il pense qu'on n'a rien chez nous ?

Samuel
Si j'étais pasteur, vraiment, je me moquerais de tout ça !
On entend claquer la porte d'entrée. Deux personnes parlent anglais dans le couloir. L'une d'elle a un accent français, l'autre parle dans un américain de la côte Est.

Jean
M'man ! P'pa ! Les voilà ! Ils arrivent !
Les deux hommes entrent après avoir frappé. Le pasteur américain est grand, élégant et décontracté. Ses tempes grisonnantes font ressortir le bleu de ses yeux. Il a un fort accent américain. Troublée, Lydie tire les chaises. Tout le monde se serre la main. On s'assoit.

Pasteur Trocmé
Je vous présente mon ami le pasteur Edwin Schomer. Nous nous sommes connus aux États-Unis. On était tous les deux étudiants en théologie à Boston…

Pasteur Schomer
Et on a été, tous les deux, les précepteurs des enfants

Rockefeller. De sacrés garnements ces deux-là.

Lydie
Nous sommes vraiment très honorés…

Samuel
(avec humour)
Ma femme a tenu à vous préparer un thé mais moi je suis sûr que vous préféreriez un petit calva.

Pasteur Schomer
(riant tout en découvrant le gâteau)
Ah ! Je reconnais bien là les Français. Allons-y pour le calva qui se marie très bien avec les desserts.
La famille se détend peu à peu tandis que Samuel remplit trois petits verres. Edwin regarde Jean.

Pasteur Trocmé
Edwin est venu ici pour créer un accueil fraternel entre la communauté du Chambon et les églises protestantes américaines.

Pasteur Schomer
Le but est de favoriser l'échange entre les jeunes d'ici et les jeunes des États-Unis…

Samuel
Et pourquoi avoir choisi notre village ?

Pasteur Schomer
D'abord parce qu'il y a le Collège international mais aussi parce que la communauté protestante y est très importante et — je sais que vous n'aimez pas qu'on vous le dise —, mais votre village a sauvé beaucoup de vies pendant la guerre…

Samuel

Naturel d'essayer de sauver ces pauvres diables, non ? C'est André qui a mis tous ces jeunes à l'abri. Lui et quelques autres. Moi j'étais seulement avec les combattants, les parachutages, les armes, les fausses cartes d'identité...

Pasteur Schomer

Et la création des réseaux. J'ai aussi appris que le Gouvernement vous avait remis la médaille de la Résistance. Vous êtes d'ailleurs le seul, au Chambon, à avoir été décoré.

Samuel

Non, pas le seul. Mon vieux copain Élie, aussi, l'a eue. *(Se reservant un verre)*. Et si on parlait de ce qui vous amène ?

Pasteur Trocmé

Vous avez raison. On est venu parler du voyage de Jean. *(à Jean)* Edwin nous aide beaucoup dans l'organisation de ton voyage.

Pasteur Schomer

Alors tu es Jean... Celui qui va avoir la chance de passer deux ans avec mon ami Charles.

Jean

Vous le connaissez ?

Pasteur Schomer

Il te plaira. Charles, c'est une personnalité. C'est bien de vouloir reprendre tes études...

Lydie

Monsieur Schomer, notre Jeannot ne parle pas l'anglais.

Pasteur Schomer

Ce n'est pas grave, madame, car là où il va personne ne parle le français et je vous assure qu'après un mois il pourra déjà très bien se débrouiller… Ok, take a pen and a paper, my boy.

Jean regarde le pasteur Trocmé qui lui fait signe d'aller chercher un papier et un crayon. Jean attrape un cahier sur l'étagère.

Pasteur Schomer

Ready ?

Jean

Yes !

Pasteur Schomer

La première chose qu'il te faut c'est un passeport. Write it down !

Jean écrit « passeport ».

Lydie

Et ça se fait où un passeport ?

Pasteur Trocmé

À la sous-préfecture d'Yssingeaux. Je vous expliquerai.

Pasteur Schomer

Ensuite il te faut un visa.

Jean

(regardant le pasteur Trocmé)

C'est de l'anglais ?

Pasteur Trocmé

Non, enfin oui, les deux. Un visa c'est un tampon que l'on te met dans ton passeport et qui te permet d'entrer dans le pays. Il y a des pays où tu peux entrer seulement avec le passeport mais d'autres qui demandent le visa. Pour les États-Unis, il faut impérativement ce visa.

Samuel
Et ça s'obtient comment ?

Pasteur Schomer
Il l'obtiendra avec l'invitation que Charles va lui envoyer. Guette bien le facteur mon garçon parce que ce papier est très important. Avec cette invitation, tu te rendras à l'ambassade des États-Unis à Paris, ils te poseront des questions et te tamponneront ton passeport... C'est ça, le visa.
Jean note sur le cahier. Lydie verse un peu de thé dans les tasses et sert une part de gâteau.

Pasteur Schomer
Après, il faudra acheter le billet de bateau à l'agence de la Cunard à Paris. Marque "Cunard". Tu voyageras sur le Queen Mary...

Samuel
Le Queen Mary ? Le paquebot hôpital ?

Pasteur Schomer
C'est exact. Mais ce n'est plus un hôpital. Il vient d'être rendu à la vie civile et a été entièrement restauré. Je l'ai pris pour venir. C'est un bateau magnifique.

Pasteur Trocmé
Alors, Jean, ça te fait quelle impression tout ça ?

Jean
J'ai l'impression d'être dans un livre de Jules Verne !
Samuel sourit et bourre sa pipe.

Pasteur Schomer
À New York, des amis du Collège, un couple d'Américains, t'attendront. Ils parlent très bien le français, ne t'inquiète pas. Tu passeras la nuit chez eux et le lendemain tu partiras en train pour Chicago…

La mémé
Chicago, c'est bien la ville des gangsters, Chicago ?
Tout le monde éclate de rire.

Pasteur Schomer
À Chicago, un jeune étudiant en littérature française te fera visiter la ville…

La mémé
Chicago ! Tu feras attention aux gangsters mon Jeannot.

41. INT NUIT. LA CUISINE. JUIN 1948.

La cuisine est sombre et silencieuse. Jean vient chercher quelque chose et s'attarde à écouter une conversation dans la chambre de ses parents dont la porte est restée entrouverte.

Lydie
Nous n'aurions sans doute pas dû accepter. Toutes ces démarches… Cela a l'air si compliqué… Tout ça n'est pas pour des gens comme nous...

Samuel
Ne t'inquiète pas Lydie. Pour son passeport je connais la concierge de la sous-préfecture. Elle lui dira ce qu'il faut faire. Ils ont le téléphone là-bas. Demain, je m'en occupe. J'irai téléphoner de chez Pouly. Et puis, pour tout ce qui doit se faire à Paris, Pierrot l'aidera.

Lydie
Et l'argent qu'on n'a pas encore fini de rassembler…

Samuel
On ne peut plus reculer maintenant. Il y a trop de personnes impliquées.

Lydie
Oui, tu as raison… mais je me demande si on fait bien. C'est si loin… et si ses études ne marchent pas ? S'il tire au flanc comme il l'a fait à Saint-Étienne… et cet anglais qu'il ne parle même pas du tout…

Samuel
Il en a très envie et ça marchera. Il est comme moi mon Jeannot. Quand il a envie de quelque chose, l'effort ne lui fait pas peur. Tu l'as dit : c'est pour lui une chance formidable. C'est inespéré !

Lydie
J'aimerais que les deux ans soient déjà passés… Qu'il soit déjà de retour…

Samuel
(éteignant la lumière)
Allez, ne te tracasse pas. Dors !

Pendant toute cette séquence la caméra fixe tour à tour l'entrebâillement de la porte et le visage de Jean que la conversation attriste.

42. EXT JOUR. UN BUS. JUIN 1948.

Jean est assis à côté d'une dame. Il regarde le paysage par la vitre.

La dame
C'est la première fois que vous allez à Yssingeaux ?

Jean
Oui. Je n'y ai encore jamais mis les pieds. Nous, au Chambon on va plus facilement à Saint-Étienne.
Un panneau indique Yssingeaux 12 KM.

La dame
Pourtant c'est moins loin... Vous cherchez quoi là-bas ?

Jean
La sous-préfecture.

La dame
Oh, ça c'est facile à trouver. Je vous montrerai.

43. EXT JOUR. VILLE D'YSSINGEAUX. LA PLACE. JUIN 1948.

Jean descend du bus. La dame lui montre du doigt une belle bâtisse en pierres. Jean remercie et s'y dirige. Il entre dans un bâtiment administratif.

Jean
Je voudrais voir la concierge, s'il vous plaît.
Un homme lui indique une employée en train d'astiquer le pommeau de cuivre de la rampe. Il s'approche. Elle le regarde.

La concierge
Tu es Jeannot ? *(Elle le serre dans ses bras)* Ton père m'a prévenue par téléphone. Viens, mon garçon. Quand je t'ai vu la dernière fois tu n'étais pas plus haut que ça... *(elle montre avec la main une hauteur d'un mètre).*

Elle le précède dans les bureaux et entre dans le box d'une jeune fille d'environ vingt-cinq ans.

La concierge
Ginette ! C'est le petit cousin dont je t'ai parlé…

Ginette
(à Jean)
Ah, oui. C'est vous qui venez pour le passeport… J'ai préparé les documents qu'il vous faut remplir. Vous avez votre photo et vos papiers d'identité ?

La concierge
Il faut que tu le lui fasses pour aujourd'hui. Tu comprends il vient de loin…

Ginette
Ne vous en faites pas madame Héritier. C'est notre premier passeport de l'année. Ce ne sont pas des documents qu'on fait tous les jours ici ! Tenez, monsieur, installez-vous à cette table pour écrire… Alors votre cousine m'a dit que vous partiez pour l'Amérique… Quelle chance vous avez. J'ai toujours rêvé de voir les gratte-ciels de New York.

44. INT FIN DU JOUR. LE BUS. JUIN 1948.
Dans le bus du retour Jean sort sans cesse son passeport dont il tourne et retourne les pages. Il est ému.

45. INT JOUR. LA CUISINE. JUIN 1948.
La famille est rassemblée dans la cuisine. Maurice est là avec sa petite famille ce qui semble indiquer qu'on est dimanche. Des tasses de thé d'un service ordinaire traînent sur la table. On frappe.

Samuel
Entrez !
Paulette et Josette entrent, embrassant tout le monde.

Josette
On vient voir le passeport de Jeannot !
Rires.

Samuel
Tout le village va venir, ma parole ! Jeannot je t'avais dit de le laisser sur la table !

La mémé
Mais qu'est-ce qu'ils ont tous à vouloir voir ce morceau de papier ?

Jean
C'est comme un carnet magique, mémé. C'est un carnet qui permet de passer les frontières des pays.

La mémé
(sceptique)
Ah, oui ? Moi, ce que je vois c'est que c'est bien beaucoup de tracas ce voyage…
Enthousiastes les deux jeunes filles s'assoient et regardent sans oser le toucher le passeport que Jean pose devant elles, sur la table.

Jean
Vous pouvez le toucher ! *(il leur montre)* Regardez ! Il a plein de pages. C'est pour les visas.

Paulette
C'est quoi les visas ?

Jean
C'est un tampon que l'on te met dans ton passeport et qui te permet d'entrer dans un pays. Certains pays n'en demandent pas mais pour l'Amérique il en faut.

Elles sont impressionnées. Samuel allume sa pipe, un sourire aux lèvres. Une autre personne passe la porte. C'est un ami de Samuel.

L'ami
Alors, j'ai entendu dire que le petit avait reçu son passeport… Eh, tu me le montres, Jeannot ? Je n'en ai jamais vu.

Il se penche au-dessus des deux jeunes filles qui sont encore absorbées dans sa contemplation.

L'ami
Ah, c'est un petit livre ?

Il le prend dans ses mains et tourne les pages.

46. EXT JOUR. LA PLACE. JUIN 1948.

La fourgonnette de Russier s'arrête sur la place du village. Jean descend, passe la porte de chez lui, ouvre la boîte aux lettres et prend le courrier. Il n'y a que deux lettres pour sa mère et rien des États-Unis. Il est déçu.

47. INT JOUR. COULOIR. JUIN 1948.

Série de séquences où l'on voit Jean ouvrir la boîte aux lettres, regarder les lettres et les poser sur le buffet. Celle qu'il attend n'arrive pas et son visage exprime l'inquiétude.

48. INT FIN DU JOUR. LA BIBLIOTHÈQUE DU COLLÈGE. DÉBUT JUILLET 1948.

Jean est assis en face de Suzanne. Elle lui fait apprendre un texte.

Jean
(accent très français)
My name is Jean. I am France…

Suzanne
(corrigeant)
French, pas France.

Jean
I am here for échange of student… je ne me souviens plus. Comment on dit « échange » ?

Suzanne
Tout simple. « Exchange ». « Student exchange ». Mais qu'est-ce que t'as ? Tu n'as pas l'air dans ton plat.

Jean
(il rit)
Dans ton assiette, pas dans ton plat !

Suzanne
Oh, je confonds toujours avec mettre les pieds dans l'assiette.

Jean
(riant de nouveau)
Mais non, mettre les pieds dans le plat !

Suzanne
Tu vois, j'ai réussi à te faire rire. Allez, dis-moi, qu'est-ce qui ne va pas ?

Jean
Je m'inquiète parce que la lettre dans laquelle Charles Sles-

sor doit m'envoyer l'invitation n'est toujours pas arrivée.

Suzanne
Il ne t'a toujours pas répondu ? Mais ça fait presque deux mois maintenant…

Jean
On est début juillet et je suis censé partir dans cinq semaines… Ce retard… vous trouvez que c'est normal ?

Suzanne
Tu sais, parfois, le courrier prend du temps.

49. INT JOUR. LA POSTE. DÉBUT JUILLET 1948.
Jean entre dans la poste et s'approche de la postière.

La postière
Alors, mon Jeannot, tu es dans les préparatifs ?

Jean
Justement, madame Pouly… Je suis très inquiet parce que la lettre que je dois recevoir d'Amérique n'est pas encore arrivée…

La postière
(soucieuse)
Et tu devais la recevoir quand ?

Jean
Mi-juin.

La postière
(fronçant les sourcils)
Ce garçon de Paris qui est au collège et se promène toujours avec un livre … tu vois qui je veux dire ?

Jean

Oui, c'est un peigne-cul. Nous, on l'appelle Shakespeare.

La postière

Fais attention à lui parce que la dernière fois il a voulu reprendre la lettre que tu avais postée... Et tu sais, notre Toinou il n'est pas bien malin. Bref, je suis juste arrivée à temps pour la remettre...

Jean

(décontenancé)

Mais... vous croyez que ma lettre est partie ?

La postière

Ça elle est partie c'est sûr. Puisque c'est moi qui l'ai remise dans le sac et que le Toinou l'a emporté... mais je voulais te dire que s'il a essayé une fois de voler ta correspondance au départ il peut recommencer à l'arrivée.

La colère submerge Jean.

Jean

Merci, madame Pouly, merci.

Jean sort en courant de la poste et se précipite dans une maison qui porte l'inscription « Pension du collège ». Fou furieux, il entre dans le salon où une dizaine de collégiens sont occupés à lire ou à jouer aux cartes. Il cherche des yeux Henri. Celui-ci le voit et disparaît derrière son livre. Jean s'approche, menaçant.

Jean

Rends-moi ma lettre !

Henri

Mais quelle lettre ? De quoi il parle, le bouseux ?

Jean
La lettre que j'attends de l'Amérique. Elle aurait dû arriver il y a plus de quinze jours. Tu as essayé de me voler celle que j'envoyais, donc il n'y a pas de raison que tu n'essaies pas de me voler celle que j'attends.

Henri
Mais c'est vraiment un débile ce type ! Ça ne m'étonne pas beaucoup qu'en lisant ta lettre ce monsieur ait décidé qu'il ne voulait pas s'encombrer d'un analphabète dans ton genre ! Il a changé d'avis, c'est tout !
Jean se jette sur lui. Trois jeunes essaient de les séparer.

Une fille
Si tu n'as rien à cacher, Shakespeare, je suppose que tu peux lui montrer ta chambre.

Henri
Mais tant qu'il veut. S'il laisse son odeur de bouse à la porte.
Il se lève.

Jean
C'est bon.
Jean sort.

50. INT JOUR, MAGASIN DE LYDIE. DÉBUT JUILLET 1948.
Jean tourne en rond comme un lion en cage.

Lydie
Mais je ne comprends pas, tu ne vas pas travailler ce matin ?

Jean
J'attends le facteur.

Lydie
Mais il ne passera peut-être pas.

Jean
Il doit passer pour les autres, donc je l'attends.

Lydie
Mais ne te mets pas dans tous ces états… elle va arriver ta lettre !

Jean
Mais m'man… il ne reste plus que trois semaines avant la date de mon départ…

Quelques minutes plus tard. Le facteur pousse la porte du magasin. Lydie sert une cliente mais Jean se précipite.

Le facteur
(heureux)
Une lettre pour toi mon garçon ! Elle vient d'Amérique.

Jean la prend dans ses mains et l'ouvre rapidement. Elle contient trois pages manuscrites dont une tapée à la machine. Tout est en anglais. À l'écran apparaissent les mots : To whom it may concern…
Jean remet les feuilles dans leur enveloppe et court au collège. Les locaux sont vides. Des valises encombrent le hall. Une élève sort dans le couloir.

Jean
(surexcité)
S'il vous plaît… vous n'avez pas vu Suzanne ?

La fille

Je crois qu'elle est repartie hier. C'est la fin des cours.

Désespéré, Jean porte les mains à son front lorsqu'il aperçoit sur une valise le nom de Suzanne Harper.

Jean

Non, elle est encore là. Il y a son nom sur cette valise.

La fille
(embarrassée)

Souvent les valises partent après… Mais c'était pour quoi ?

Jean

Pour me traduire une lettre.

La fille

Mais pourquoi tu ne demandes pas au pasteur. Il a fait toutes ses études aux États-Unis et y a vécu quinze ans. Il peut le faire tout aussi bien que Suzanne.

Jean

Ah oui ! Le pasteur, bien sûr ! Je n'y pensais même pas. Je vous remercie.

Il ressort et court vers le temple. Henri le voit passer et lui jette un regard noir. Jean sonne au presbytère. La fille du pasteur lui ouvre, une enfant d'une dizaine d'années.

Jean

Ton papa est là ?

Judith

Il est allé jouer au tennis à l'hôtel Beau Rivage. Il donne des cours au docteur. Mais tu peux aller le retrouver là-bas.

Jean
Merci. J'y fonce !

Jean repart en courant. Il passe devant l'hôtel Beau Rivage, pousse le portail du jardin et s'approche du tennis en terre battue. En pantalon de toile légère, le pasteur montre à son partenaire comment faire un service.

Pasteur Trocmé
Docteur, vous lancez la balle en l'air et vous tapez.

Le docteur fait une première tentative qui atterrit dans le filet. Déçu, il recommence.

Pasteur Trocmé
Si vous préférez vous pouvez aussi la taper par terre… regardez !

Il lance une balle que le docteur renvoie par miracle. L'échange dure sur plusieurs balles.

Le docteur
Ah, ça commence à me plaire ce jeu…

Le docteur ramasse les balles qui sont de son côté. Le pasteur aperçoit Jean et le rejoint.

Pasteur Trocmé
Bonjour mon garçon. Tu m'as l'air bien essoufflé. Tout va bien ?

Jean
J'ai reçu une lettre de l'Amérique mais je ne sais pas si c'est positif… et s'il y a bien l'invitation.

Pasteur Trocmé
Tu l'as sur toi ?

Jean lui tend l'enveloppe. Le pasteur sort les feuilles en papier fin "par avion" et regarde rapidement la page dactylographiée.

Pasteur Trocmé

C'est bon, ça c'est l'invitation à donner au consulat pour ton visa.
Il parcourt du regard les deux pages manuscrites. Jean est attentif à ses moindres réactions.

Pasteur Trocmé

Et bien, c'est parfait. Il t'attend le seize août ! Il t'explique sa vie à la ferme… je passerai ce soir chez toi pour te la traduire. Suzanne a dû partir plus tôt que prévu.

Jean

Rien de grave ?

Pasteur Trocmé

Non, juste une opportunité de faire la traversée avec des amis. Elle m'a laissé un mot pour toi. *(Lui rendant la lettre)* Alors, tu es content ?

Jean

Oh, vous ne pouvez pas savoir !

Jean serre la main du pasteur et repart en courant. Il se précipite dans le magasin de sa mère.

Jean

C'est bon ! J'ai l'invitation !

Avec un enthousiasme plus modéré Lydie regarde la lettre que Jean lui montre. La cliente qu'elle est en train de servir s'intéresse.

La cliente
Qu'est-ce que vous devez être fière madame Lebrat que votre fils parte en Amérique…

Lydie
(sur la réserve)
C'est si loin. Je préfèrerais qu'il soit déjà rentré !

La cliente
Votre fils part pour l'Amérique madame Lebrat ! Je crois que vous ne vous rendez pas bien compte ! L'Amérique ! Mais c'est le rêve de chaque Français !

51. INT JOUR. LA PLACE. DÉBUT JUILLET 1948.
Jean est assis sur le rebord de la fontaine et discute avec son groupe d'amis (René, Élie, Louis, Paulette et Josette). Ils regardent passer trois voitures qui se suivent de près.

René
C'est incroyable ! C'est la troisième voiture! Je n'en ai jamais vu autant au Chambon. Qu'est-ce qui se passe ?

Jean
Ce sont les collégiens qui rentrent chez eux.
Marco s'approche et tente une incursion.

Élie
C'est pour ça que l'autre glue essaie de faire copain-copain. Regarde-le qui rampe dans notre direction, alors qu'il ne nous a pas adressé la parole de toute l'année.

Marco
Salut.

Élie
On se connaît ?

René
Tu viens de te souvenir qu'on existait ?

Marco
Oh, ça va ! C'est vous qui me snobez !

Jean
C'est bien parce que ton père est un ami du mien qu'on te parle encore.
Une Peugeot freine devant la place. Les jeunes se retournent.

Marco
C'est Henri et son père. Il en a de l'argent. Regardez, il conduit une Studebaker Commander.

Élie
Pourquoi ils s'arrêtent ? Ils veulent notre photo ?
Henri descend de voiture et marche dans leur direction, un livre à la main. Sur la couverture, illustrée par une photo de l'Empire State Building, on lit : « Hundred photos of New York by the twenty most famous photographers".

Henri
(à Marco)

Tiens, je te le donne.

Marco
Mais tu l'adores ce livre.

Henri
Mon père m'en rachètera un… Et toi, au moins, tu pourras le comprendre… pas comme d'autres qu'on envoie là-bas alors qu'ils ne pigent pas un mot d'anglais.

Jean
Tu sais, je ne m'inquiète pas. Tout le monde m'a dit qu'au bout de six mois j'arriverai à parler... et comme je vais rester là-bas deux ans...

Henri
Il faut de la cervelle pour comprendre cette langue et de la cervelle les bouseux n'en ont pas.

Jean
On verra bien.

Henri
Le pasteur a fait une très grave erreur en te choisissant et il me tarde qu'il s'en rende compte.

René
Allez, casse-toi. Retourne dans ton carrosse.
Henri serre la main de Marco et regagne la voiture.

Josette
Quelle peau de vache ! Je ne savais pas que vous vous détestiez à ce point-là, tous les deux.

René
Au début, il ne s'en prenait qu'à notre troupe d'éclaireurs, après il s'en est pris personnellement à Jeannot.

Élie
Et encore plus depuis que le pasteur t'a choisi pour partir en Amérique.

Jean
Maintenant je m'en fous. *(À Marco)* Tu nous le montres ?

Marco le tend à Jean qui l'ouvre sur le rebord de la fontaine. Tous se penchent au-dessus des photos en s'extasiant devant chaque construction dont la hauteur est impressionnante (insert).

Josette
(devant la photo d'un gratte-ciel)
Ça te fait quoi, Jeannot, de penser que tu vas voir tout ça pour de vrai dans moins de trois semaines ?

52. EXT JOUR. LA FERME DE LA BATAILLE. LE LIZIEUX. AOÛT 1948.

Jean descend l'escalier de la ferme, suivi de Marie et du vieil Élie.

Marie
Ça nous a fait bien plaisir que tu passes nous dire au revoir.

Élie
Alors tu dis que ce monsieur Charles a aussi une ferme ? Qu'il élève quelques vaches et un cochon ?

Jean
Il y a plusieurs cochons je crois… Je vais aller dire au revoir à la Noire.

Jean se rend dans l'étable où il n'y a que six vaches. Il s'approche d'une vache toute blanche et lui parle à l'oreille.

Jean
C'est qu'on en a vu des choses toi et moi… tu te souviens de l'orage quand j'avais neuf ans ? Hein, la Noire ? Tu étais partie au triple galop sous les éclairs… qu'est-ce qu'on a pu avoir peur tous les deux…

Il frotte son museau. La bête tourne vers lui ses grands yeux sombres bien frangés… Encore deux caresses sur son encolure et Jean quitte l'étable, le chien sur les talons.

53. EXT JOUR. LA GARE DU CHAMBON. AOÛT 1948.
La famille est rassemblée sur le quai de la petite gare du Chambon : Lydie, Samuel, Maurice et la mémé. La galoche (le petit train à vapeur) est à quai et ne va pas tarder à partir. On s'embrasse. Maurice monte la valise dans l'unique wagon.

Jean
Je vous écrirai souvent. Je vous le promets.

Les personnages de la séquence précédente se tiennent à distance. Paulette s'essuie les yeux avec un gros mouchoir et Josette renifle à intervalle régulier pour ne pas laisser couler ses larmes. Jean serre ses deux parents dans ses bras.

Jean
Merci. Merci pour tout. Je sais que pour vous ça a été très difficile mais je vous assure que vous serez fiers de moi.

Samuel
Quoi que tu fasses, mon garçon, reste honnête. N'oublie jamais ça. Et si ça ne va pas, reviens.

Jean a les larmes aux yeux. De nouveau il serre très fort dans ses bras sa mère et son père, embrasse son frère, sa mémé et monte dans le train. La locomotive retentit et le chef de gare donne le signal tout en arpentant le quai.

Le chef de gare
En voiture !

Jean monte. Le train démarre. Ses parents regardent le train s'en aller, très dignes dans leur tristesse. Au loin, ses amis lui font des signes.

Josette
Écris-nous !

René
Tu me raconteras ton école et moi je te raconterai l'internat.

54. INT JOUR. UNE CHAMBRE, PETIT APPARTEMENT, PARIS. AOÛT 1948.
Pierre est habillé. Il entre dans la chambre et pince le pied de son frère sous les couvertures.

Pierre
Allez, debout ! Tu as dormi comme un loir.

Jean
(émergeant des couvertures)
Il y a tellement de bruit dans cette ville que je n'ai pas pu fermer l'œil de la nuit. C'est fou, je me demande comment tu arrives à dormir avec ce vacarme.

Pierre ouvre les volets. La rue est vide mais on entend au loin le bruit de quelques moteurs.

Pierre
Allez, prépare-toi. Il faut que je te montre où se trouve l'ambassade américaine. Demain je travaille et je ne pourrai pas t'y accompagner.

55. EXT JOUR. SÉRIE DE FLASH RAPIDES. AOÛT 1948.
Jean et son frère regardent la façade de l'ambassade des États-Unis et le drapeau qui flotte fièrement. Ils traversent le pont des Arts pour admirer de loin la façade du Louvre. Ils gravissent les escaliers de la tour Eiffel. Durant toutes ces séquences Jean est ébloui.

56. EXT FIN DU JOUR. UN CAFÉ PRÈS DE L'OPÉRA. AOÛT 1948.

Jean et son frère sont installés en terrasse et boivent une orangeade. Jean regarde la façade de l'Opéra qu'on aperçoit au fond du cadre. Quelques voitures circulent.

Pierre
Alors, ça te plaît Paris ?

Jean
C'est beau … mais cette ville est si grande… regarde, on a pris cinq fois le métro, aujourd'hui, tu te rends compte ?

Pierre
(éclatant de rire)
Mais c'est normal ici… Tous les Parisiens prennent le métro et les gens riches ont une voiture.

Jean
Tu aimerais en avoir une voiture ?

Pierre
Tu parles ! J'en rêve mais c'est cher et il faut passer le permis. Mais j'ai juré de m'en acheter une pour mes trente ans. Trente ans et déjà sa propre voiture. Pas mal, non ?

Jean
(riant)
Encore quatre ans à attendre. Ça fait long…

Pierre
Mais tu sais, ici, avec le métro, c'est pas nécessaire. Par contre, si j'étais Maurice je m'en achèterais une tout de suite. C'est dur pour lui de revenir tous les dimanches avec l'autocar.

Jean
Il essaie d'économiser pour s'en acheter une.

57. EXT / INT JOUR. AMBASSADE AMÉRICAINE. AOÛT 1948.

Jean entre timidement dans une cour et pousse une porte en verre en suivant la flèche « visas » jusqu'à une salle d'attente où cinq personnes attendent déjà. Il s'assoit. Un homme sort d'un bureau. Il a l'air catastrophé et se laisse tomber sur une chaise. Une femme se serre contre lui.

L'homme 1
C'est fini. Ils ne donnent plus de visas. On est arrivé trop tard.

La femme
Mais qu'est-ce qu'on va faire ? On a déjà tout vendu.

L'homme 1
(se prenant la tête dans les mains)
Je ne sais pas.

Inquiet, Jean tend l'oreille. Son visage s'obscurcit soudain. Un autre homme sort d'un autre bureau, l'air défait. Il regarde sa montre.

L'homme 2
Une heure et demie ils m'ont gardé. Je ne sais combien de questions ils m'ont posées.

L'homme 1
Vous croyez que vous avez des chances de l'obtenir ?

L'homme 2
Franchement, je n'en sais rien.

Jean
(troublé)
Parce que ce n'est pas automatique ?

L'homme 1
Ce qui est automatique c'est qu'ils vous le refusent. Ils ont déjà trop de monde, vous comprenez... Si vous partez seulement un mois ça va mais si vous voulez rester plus longtemps... presque toutes les demandes sont rejetées.
Jean devient livide. Il regarde autour de lui

Jean
Mais on m'a dit que ce n'était qu'une formalité...

Homme 2
Vous savez, les gens disent n'importe quoi.
Une secrétaire s'approche.

La secrétaire
(fort accent américain)
La personne suivante s'il vous plaît.
Jean se lève, peu rassuré et suit la jeune femme jusque dans une grande pièce moulurée. L'homme, assis derrière son bureau, se lève pour lui serrer la main.

Fonctionnaire
(fort accent américain)
Asseyez-vous, je vous prie. Alors, jeune homme, de quel type de visa avez-vous besoin ?

Jean
(timide, inquiet)
D'un visa pour deux ans.

Le fonctionnaire

Vous avez une invitation ?

Jean tend au fonctionnaire la feuille dactylographiée reçue avec la lettre de Charles Slessor. Le fonctionnaire la lit attentivement. Jean tente d'interpréter les expressions de son visage.

Le fonctionnaire

Vous voulez donc un visa d'étudiant.

Jean

Oui, monsieur.

Le fonctionnaire hoche la tête et prend un imprimé.

Le fonctionnaire

Je vais vous poser un certain nombre de questions et vous essaierez de me répondre le plus simplement et le plus honnêtement possible. Certaines de ces questions seront en anglais.

Jean

Bien monsieur.

Une petite pendule indique dix heures.

Le fonctionnaire

Jean, pour quelle raison souhaitez-vous étudier aux États-Unis ?

Jean

(hésitant)

Euh… Parce que monsieur Slessor me l'a proposé.

Le fonctionnaire

Vous pensez que les études sont plus simples aux *Iouès* ?

Jean
Oh non, mais c'est l'Amérique.

Le fonctionnaire
C'est quoi pour vous l'Amérique ?

Jean
Le pays qui a sauvé la France… et les gratte-ciels, le modernisme, les machines à laver, les grosses voitures…

Le fonctionnaire
(riant de bon cœur)
Le rêve américain en somme ?

Jean
(se détendant peu à peu)
C'est tout ce qu'on n'a pas en France.

Le fonctionnaire
Vous n'avez pas peur de vous sentir un peu perdu là-bas ? Loin de votre famille ?

Jean
Ce n'est que pour deux ans.

Le fonctionnaire
Bien, poursuivons cet entretien en anglais.
Jean devient tout pâle.

Le fonctionnaire
(en anglais)
Alors dites-moi, Jean, comment évaluez-vous votre niveau d'anglais ?
Jean mord sa lèvre et réfléchit.

Jean
Level... level... excusez-moi j'ai oublié ce mot.

Le fonctionnaire
(en français)
Cela veut dire le niveau.

Jean
Ah, oui. Alors, euh ! euh ! my level is not good but in.. three month is good.
Le fonctionnaire remplit les cases de son questionnaire.

Le fonctionnaire
(en français)
Votre anglais est faible... vous pensez que vous arriverez à comprendre ?

Jean
Peut-être pas au début mais après quelques temps je crois que j'y arriverai.
Le fonctionnaire écrit un petit texte dans un cadre.

Le fonctionnaire
(an anglais)
Alors, dites-moi... pourquoi pensez-vous être la bonne personne pour ce type d'échange études contre travail ?

Jean
Je n'ai pas compris.

Le fonctionnaire
(en français)
Pourquoi pensez-vous être la bonne personne pour partir là-bas, si loin ?

La question laisse Jean sans voix. Il se mord la lèvre un moment puis se ressaisit.

Jean
Je veux que mes parents soient fiers de moi.
Le fonctionnaire hoche la tête en écrivant.

Le fonctionnaire
(en français)
Bien. Encore une chose. Pouvez-vous prouver que vous avez l'argent nécessaire pour rentrer chez vous à la fin de votre séjour ?

Jean sort une autre lettre d'un petit sac. Il tend le papier au fonctionnaire qui la parcourt du regard.

Samuel (voix off)
Je soussigné Samuel Lebrat, déclare sur l'honneur que je financerai le voyage de retour de mon fils Jean quoi qu'il arrive…
Le fonctionnaire se tourne vers sa machine, introduit une feuille et traduit immédiatement la lettre sur un papier à entête de l'ambassade. Il la relit, la sort du chariot et la remet à Jean.

Le fonctionnaire
(en français)
Ne perdez surtout pas ce papier. Vous le donnerez à la police à New York.

Jean
(soulagé)
Ça veut dire que vous me donnez le visa ?

Le fonctionnaire
(en français)
Vous aviez peur de ne pas l'obtenir ?

Jean
Mais tous ces gens dans le hall…

Le fonctionnaire prend le passeport de Jean, tourne quelques pages et donne un coup de tampon, après quoi il inscrit la date à la main. Jean suit un à un tous ses gestes.

Le fonctionnaire
(en français)
Pour eux ce n'est pas pareil… ces gens-là veulent immigrer… Vous c'est un visa d'étudiant, c'est plus simple.
Il se lève, lui remet son passeport et lui tend la main.

Le fonctionnaire
(en anglais)
Alors, bonne chance, jeune homme…

58. EXT JOUR. LA RUE. AOÛT 1948.

Jean se retrouve dans la rue ensoleillée. Il regarde son visa en marchant, le sourire aux lèvres et rejoint son frère au café.

Pierre
Alors ?

Jean
(lui montrant le visa)
J'ai bien cru qu'ils n'allaient pas me le donner. Qu'est-ce que j'ai eu peur quand j'ai vu tous ces gens qui disaient qu'on le leur avait refusé…

59. EXT PUIS INT JOUR. LES LOCAUX DE LA CUNARD. AOÛT 1948.

Le hall comporte trois guichets derrière lesquels un vendeur accueille le client. Sur le mur du fond la photo du Queen Mary, surmontée d'un petit drapeau britannique. Pierre et Jean s'avancent.

Pierre
(timidement)

Nous voudrions acheter un billet classe touriste pour New York sur le bateau qui part dans deux jours.

Le vendeur
(accent anglais très prononcé)

Mais très bien. Puis-je voir le passeport des passagers s'il vous plaît ?

Jean sort son passeport d'une petite pochette et le lui tend. L'employé le consulte, cherche le visa et trace une croix dans une case sur ce qui semble être le plan du bateau.

Le vendeur

Vous partagerez votre cabine avec trois autres personnes. Vous avez la couchette du bas, à droite.

Jean

Il y a une piscine ?

Le vendeur

Ah non, monsieur. Les piscines sont en première et deuxième classes uniquement. Mais vous avez des jeux sur le pont et une très belle salle à manger, un bar, une salle de cinéma…

Jean, qui ne cesse de regarder la photo du bateau, pose sur le comptoir une enveloppe contenant une liasse de billets.

Le vendeur
(prenant les billets et les comptant)
Le départ se fait à la gare Saint-Lazare. C'est un train spécial qui vous dépose directement sur le quai de Cherbourg…

60. EXT JOUR. GARE SAINT-LAZARE. AOÛT 1948.

Devant un wagon sur lequel figure l'écriteau « Cunard Line : Paris-Cherbourg-New York », Jean fait ses adieux à son frère Pierre. Il monte et Pierre lui passe sa valise.

Pierre
Bon, tu as bien ton passeport ?
Jean le sort de sa poche.

Pierre
Dès que tu arrives tu écris. Tu as compris ? Les parents vont attendre tes lettres avec impatience… et n'oublie pas qu'ils ont mis toutes leurs économies dans ce voyage.

Jean
(du wagon)
Je n'oublie pas et sois sûr que je ferai tout pour qu'ils soient fiers de moi.

61. INT JOUR. LE WAGON. AOÛT 1948.

Le couloir du wagon est encombré de valises. Des familles entières semblent émigrer. Jean se fraie un passage jusqu'à son compartiment. Il hisse sa valise sur le porte-bagage et s'assoit. Une petite fille le regarde, intriguée.

La petite fille
Toi aussi tu pars pour New York ?

Jean

Oui, je prends le bateau pour New York mais après je continue en train jusque dans l'Iowa *(il prononce Iyova)*.

La petite fille

C'est quoi l'Iyova ?

Jean

C'est l'endroit où vivaient les peaux-rouges…

La petite fille

Eh ben nous, on va vivre à New York, chez les cousins de ma maman.

La mère

Jacqueline, n'énerve pas le monsieur… Aller, viens, faire pipi. Tu n'y es pas allée ce matin.

Elles sortent du compartiment. Jean regarde le paysage défiler par la fenêtre et finit par s'endormir.

Du bruit le réveille. Le train est arrêté et les passagers sortent les valises du compartiment.

Jean
(excité)

On est déjà à Cherbourg ?

Il regarde par la fenêtre et voit un quai encombré de caisses mais pas de paquebot. Il descend sa valise et saute sur le quai. Un homme de la Cunard, un porte-voix à la main, rassemble les passagers.

Jean
(regardant vers la mer)

Mais où est le paquebot ?

Un passager

On doit le prendre au large, à cause des mines. Vous voyez

ces barcasses, là-bas ? C'est là-dedans qu'on va faire le trajet.

L'employé de la Cunard

Mesdames, messieurs ! En raison des mines qui encombrent toujours les eaux du port de Cherbourg, le Queen Mary ne peut pas accoster. Nous embarquerons donc au large. Les vedettes que vous voyez à quai sont là pour vous y conduire. Nous vous demandons de laisser tous vos effets personnels, clairement étiquetés, à votre nom et numéro de cabine sur le quai. Ils vous seront livrés à bord. Nous allons commencer l'embarquement des vedettes, alors si vous voulez bien vous approcher…

Les passagers se dirigent vers les embarcations pouvant contenir jusqu'à une trentaine de personnes, tandis que des employés de la Cunard chargent les valises sur un wagonnet. Plus loin, un petit groupe composé de passagers de première classe, identifiables à l'élégance de leur tenue, sont accompagnés vers une première embarcation. Jean discute autour de lui. Un sentiment d'euphorie l'anime.

Jean

Je ne vois toujours pas le paquebot !

Homme 1

C'est ce petit point que l'on distingue à l'horizon.

Jean

Mais il est drôlement loin !

L'employé de la Cunard

Les passagers des cabines 200 à 240 sont invités à embarquer à bord de la vedette 18.

Jean

Je suis 209 et vous ?

Homme 1
On n'est pas dans la même. Je suis 252.
L'employé de la Cunard
Les passagers des cabines 241 à 280 sont invités à embarquer à bord de la vedette 19.

Jean rejoint la vedette 18 et commence à discuter avec une autre personne.

62. EXT JOUR. LE QUAI. AOÛT 1948.

Les employés de la Cunard aident les passagers à monter à bord de l'embarcation. Les personnes âgées prennent place sur les bancs, tandis que les autres restent debout, se cramponnant au bastingage. Un marin détache les amarres et la vedette quitte le port dans un ronflement de moteur. Elle passe en haute mer et les passagers fixent la tache grise qui grossit jusqu'à révéler la silhouette imposante du paquebot. Éblouis, ils retiennent leurs cheveux qui volent dans leurs yeux. Le Queen Mary 1 apparaît d'abord de face puis la vedette s'ancre le long de son flanc. Les passagers lèvent la tête et poussent un « anh » d'admiration. Une échelle de corde d'une hauteur de quinze mètres pend depuis une ouverture aménagée dans la coque du bateau.

Dame 1
(effrayée)
Oh non ! Je ne pourrai jamais monter par cette échelle. J'ai le vertige.

Quatre marins descendent par l'échelle de corde et sautent dans la vedette. De l'ouverture, à plus de quinze mètres de haut, en apparaissent trois autres, prêts à accueillir les grimpeurs.

Vieille dame 1
Comment je vais faire ? Je n'ai pas de force dans les bras.

L'employé de la Cunard.
Ne vous inquiétez pas, madame, un marin va vous aider. Ils sont habitués.

63. EXT JOUR. LE FLANC DU BATEAU. AOÛT 1948.

Un marin encadre la grand-mère dans ses bras et l'aide à grimper le long de l'échelle de corde. Les passagers de la vedette regardent, ébahis.

Dame 1

Mon Dieu ! Je n'y arriverai jamais ! J'ai tellement peur…

Homme 2

Lucette, si cette grand-mère y arrive, tu peux y arriver.

Jean
(regardant, extasié)

C'est fabuleux !

Les passagers sont à la fois inquiets et excités.

Homme 3

Je comprends maintenant pourquoi ils nous ont demandé de ne pas prendre nos valises !

C'est au tour de Jean. Il s'approche de l'échelle de corde, bouillonnant d'impatience.

Un marin
(accent anglais)

Voulez-vous de l'aide ?

Jean

Surtout pas ! C'est trop formidable ! À l'abordage !

Confiant, Jean commence à grimper. À mi-hauteur, un pied sur le barreau de bois de l'échelle de corde, il s'arrête et regarde en dessous de lui. Les passagers qui attendent dans l'embarcation l'observent avec inquiétude.

Homme 1
Ça va là-haut ?

Jean
Vu d'ici, c'est complètement extraordinaire !

Jean poursuit son ascension jusqu'à ce que deux marins, debout dans l'ouverture de la coque, l'attrapent de leurs bras puissants et l'aident à poser pied à bord du navire. Quatre membres du personnel de la Cunard, en uniforme bleu marine, l'accueillent avec beaucoup d'égards.

Personnel embarqué 1
Bienvenue à bord du Queen Mary 1 monsieur Lebrat. Permettez-nous de vous souhaitez un très agréable voyage.

Jean
(impressionné)
Merci.

Personnel embarqué 2
Un steward va vous conduire à votre cabine.

Jean regarde de tous côtés, ébloui. Le décor est très élégant : des lustres en verre et cristal, de la moquette, un très bel escalier tournant... Un jeune employé lui sourit.

Steward 1
Monsieur Lebrat, suivez-moi, je vous prie.

Le jeune steward précède Jean dans un dédale de coursives et d'escaliers jusqu'au numéro 209. Il frappe puis ouvre la porte de la cabine qui comporte quatre couchettes mais aucun hublot.

Steward 1
Votre couchette est celle du bas, à droite.
Il lui montre le cabinet de toilette attenant à la cabine et la malle située sous le matelas. Un homme et ses deux fils de dix et douze ans sont déjà installés. Jean les salue.

Steward 1
Le déjeuner est servi dans la salle à manger à partir de treize heures. C'est là que les employés de la Cunard vous présenteront les activités du bateau, le bar, la salle de cinéma et les jeux. Il vous sera également possible de visiter le Queen Mary dans son ensemble. Ah, j'oubliais ! Votre valise vous sera portée dans une heure. Avez-vous des questions ?

Jean
(gauche)
Non, c'est très bien. Merci pour toutes ces explications.

Steward 1
Le plaisir est pour moi, monsieur Lebrat. Et n'hésitez pas si vous avez des questions. Tous les stewards sont là pour vous servir. Je vous souhaite un bon voyage.
Jean se laisse tomber sur sa couchette, époustouflé.

Voisin de cabine
C'est votre première traversée ?

Jean
Oui.

Voisin de cabine
C'est toujours très impressionnant la première fois. Voici mes deux fils Alain et Daniel, moi, c'est Claude.

Jean
(se redressant)

Et moi, c'est Jean.

64. EXT JOUR. SUR LE PONT. AOÛT 1948.

La sirène retentit longuement. Appuyés au bastingage, les passagers assistent au relevage de l'ancre. Jean suit la manœuvre avec intérêt puis regarde la côte au loin qui disparaît à mesure que le navire prend du large. Son visage est radieux et une légère brise soulève sa mèche. Quand il n'y a plus rien à voir, il se met à arpenter le pont, joyeux. Il essaie les chaises longues et le jeu de palet puis suit les autres passagers à l'intérieur du bateau. Il descend le grand escalier, une main sur la rampe de cuivre, impressionné par le faste du décor : moquettes, lustres, boiseries, tableaux… En bas des marches, un steward lui indique la salle à manger.

Un steward

Par ici, monsieur. Entrez ! Un maître d'hôtel va s'occuper de vous.

Jean pénètre dans une très belle salle que prolonge une peinture en trompe-l'œil devant laquelle est dressée une petite estrade dont le centre est occupé par un piano à queue entouré de pupitres. Une trentaine de tables rondes pouvant accueillir jusqu'à cinq personnes, recouvertes de nappes blanches et dressées avec élégance, sont disposées tout autour. Un autre steward accueille Jean.

Le steward

Vous voyagez seul monsieur ?

Gêné par le raffinement des lieux, Jean enfonce ses mains dans ses poches puis les retire, ne sachant pas trop quelle contenance adopter. Il regarde les autres passagers et se redresse d'un coup, mettant subitement ses mains derrière son dos.

Le steward

Suivez-moi monsieur. Je vais vous installer à la table d'une famille dont l'aînée doit avoir à peu près votre âge.

Le steward s'approche d'une table déjà occupée par un couple et leurs deux enfants. La jeune fille, seize ans, sourit à Jean.

Le steward

Permettez-moi de vous présenter monsieur …
Il se tourne vers Jean, le regard interrogateur.

Jean
(bafouillant, gêné)

Jean. Jean Lebrat.

Le steward

Monsieur Lebrat voyage seul et ce serait un plaisir pour lui de partager votre table durant cette traversée.

Le père arménien
(accent arménien)

Pour nous, aussi. Bienvenue, Jean.

Jean
(timide)

Bonjour.

La famille en chœur

Bonjour !

Le steward tourne la chaise qui est vissée au sol afin que Jean puisse s'installer. Mal à l'aise, il n'ose poser ses poignets sur la table. La porcelaine blanche cerclée d'or, s'accompagne de toute une gamme de couverts en argent, y compris le couteau à poisson. Tandis que le maître d'hôtel s'éloigne, l'adolescent de treize ans (Aram) le regarde amusé.

Aram

Tenez, vous voyez ! Il n'y a pas que nous qui ne sachions pas à quoi servent tous ces couverts.
Sa sœur, Myriam, rougit jusqu'à la racine des cheveux.

Myriam

Aram, voyons !

Jean

Il a raison ! Je n'ai jamais vu de ma vie une table pareille.
Les parents rient et les mains se serrent. L'atmosphère se détend.

65. INT JOUR. LA SALLE À MANGER. AOÛT 1948.

Série de séquences rapides : les serveurs apportent tour à tour des plats dans de la vaisselle en argent, débarrassent, servent le vin dans les verres en cristal. La famille mange de bon appétit. Jean s'applique à ne jamais mettre ses coudes sur la table et essuie sa bouche discrètement, prenant exemple sur un homme élégant, assis à la table d'à côté.

Le père arménien

Alors comme ça tu pars étudier !

La mère arménienne

C'est courageux ! Surtout si tu ne parles pas l'anglais.

Jean

J'apprendrai.

Myriam

C'est comme pour nous. Aram et moi on va aussi se retrouver dans une école où on ne comprendra rien.

Jean

Vous allez vous installer là-bas pour toujours ?

Le père arménien

Oui. La communauté arménienne est bien représentée à New York. On aura plus de chance qu'en France. Le cousin de ma femme nous a déjà trouvé un logement et un travail.

Le commandant du Queen Mary entre dans la salle à manger suivi de deux officiers de marine. Les passagers posent discrètement leurs couverts et s'arrêtent de parler. Le commandant monte sur l'estrade et prend le micro que lui tend l'un des stewards. Les passagers regardent, intrigués.

Le commandant
(accent anglais)

Mesdames et Messieurs bonjour… et bon appétit. En tant que commandant du Queen Mary 1, je suis heureux de vous accueillir à mon bord pour cette traversée. Je souhaite qu'elle se passe pour le mieux et que vous en gardiez un très beau souvenir. Mon personnel est là pour vous servir et vous assistera pendant les six jours de cette traversée. Pour ceux qui le désirent, une visite du paquebot est organisée à partir de seize heures…

La voix s'estompe.

66. INT JOUR. LE PAQUEBOT. AOÛT 1948.

Série de flashs rapides : un petit groupe, constitué d'une vingtaine de personnes, suit un steward dans un dédale de cursives jusqu'à la cabine de pilotage. Parmi eux, Jean et la famille avec laquelle il déjeunait. Le groupe se déplace vers la salle à manger de la première classe, la piscine située à l'extérieur, où quelques baigneurs farnientent sur des chaises longues, les salles de bal et de cinéma, les bars, le salon de coiffure et la piscine intérieure aux murs recouverts de mosaïque. Jean et Myriam admirent le décor, ébahis.

Le steward
Et là, vous voyez la piscine de la première classe.

Un homme
Pourquoi est-elle vide ?

Le steward
Les passagers de première classe ne se baignent pratiquement jamais. La plupart sont âgés.

Jean écoute cette remarque avec intérêt, repère les issues puis chuchote quelque chose à l'oreille de Myriam. La jeune fille ouvre de grands yeux inquiets puis jette un coup d'œil au panneau indiquant la sortie de secours.

La visite touche à sa fin. Débouchant dans l'un des halls, le steward attire l'attention des participants sur une grosse horloge.

Le steward
Vous avez dû remarquer qu'il y a des horloges partout sur le bateau. La raison en est simple : tous les jours, nous changeons de méridien, ce qui veut dire que tous les matins, il vous faut reculer votre montre d'une heure. Ces horloges sont là pour vous le rappeler.

Jean regarde sa montre et vérifie que les aiguilles soient en accord avec celles de la pendule.

67. INT JOUR. L'ESCALIER DU BATEAU PUIS LA PISCINE. AOÛT 1948.

Myriam, Jean et Aram descendent le grand escalier. Chacun porte un petit sac en toile identique. Ils jettent un coup d'œil au panneau « Forbidden » et se glissent le long du couloir interdit. Au bout, une porte ouvre sur la piscine des premières classes. Elle est vide. Seul un membre du personnel est en train d'arranger de gros fauteuils en rotin. Jean s'approche.

Jean

Bonjour monsieur. On était là hier pendant la visite et on nous a dit qu'il n'y avait jamais personne dans cette piscine. On voulait juste savoir si c'était possible de se baigner...

Myriam

(suppliant)

S'il vous plaît, juste une fois !

Le steward fronce les sourcils

Le steward

Mais comment êtes-vous entrés ?

Jean

Par l'issue de secours.

Le steward

C'est la piscine des premières classes et vous n'en faites pas partie, je présume. Vous n'avez donc pas le droit d'être ici.

Myriam

S'il vous plaît, monsieur, soyez chic ! On veut juste essayer.

Le steward

Vous vous imaginez si tout le monde venait me voir comme vous le faites ?

Il soupire bruyamment et les accompagne vers les vestiaires.

Le steward

(leur remettant trois serviettes)

Bon, c'est d'accord mais pas plus d'une heure et c'est bien parce que je m'ennuie.

68. EXT ET INT JOUR ET NUIT. AOÛT 1948.

Série de flashs rapides : 1 Jean, Myriam et Aram sautent dans la piscine. Ils nagent puis s'amusent à s'attraper autour du bassin. Myriam pousse Jean dans l'eau. Le steward les regarde, amusé. 2 Les mêmes, le pont. Ils jouent avec deux autres jeunes au palet. Le soleil tape. 3 Les mêmes, assis sur de confortables fauteuils de la salle de cinéma. La lumière s'éteint. Un film est projeté. 4 Les mêmes. La piscine des premières classes. Ils nagent et se jettent de l'eau. Le steward leur fait signe d'être un peu moins bruyants. 5 Jean et Myriam sont sur le pont, allongés sur des chaises longues. Ils lisent en plein soleil. 6 Myriam apprend à Jean à jouer aux échecs sur l'un des échiquiers du bar. 7 Jean, Myriam, Aram et leurs parents écoutent un orchestre de jazz dans le salon-bar.

69. INT JOUR. LA SALLE À MANGER. AOÛT 1948.

Assis à la table du petit déjeuner, Jean arrivé le premier, recule sa montre, après avoir vérifié l'heure à la grosse horloge murale. Aram et Myriam le rejoignent, suivis de leurs parents. Le maître d'hôtel pose sur la table le café et le lait dans de petits pots en argenterie.

Maître d'hôtel
(accent anglais)
Pour ce dernier petit déjeuner à bord, vous prendrez des œufs au bacon ?

Jean
(enthousiaste)
Ah, oui ! Moi j'essaie !

Aram
T'es fou !
Le maître d'hôtel place devant Jean une assiette d'œufs au plat bien garnie. Jean goûte tandis que la famille arménienne, se beurrant des toasts, guette sa réaction.

Jean
Quelqu'un sait à quelle heure on arrive à New York ?

Le steward
(intervenant)
Si je puis me permettre... La police va monter à bord dans une heure pour le contrôle des passeports et des visas qui se fera dans cette salle. Ensuite il ne nous restera qu'une heure de traversée. Au plus tard, nous serons à New York vers midi trente.

Aram
Wouah ! Dans trois heures !
Ému, le père d'Aram pose sa main sur celle de son épouse. Myriam regarde Jean, un brin nostalgique. Celui ci s'arrête de manger et fixe la mer à travers les hublots.

Jean
Vous vous rendez compte ! Maintenant ce n'est plus un rêve. On va vraiment voir l'Amérique.

70. INT JOUR. SUR LE PONT DU BATEAU. AOÛT 1948.
Appuyés contre le bastingage, les jeunes gens regardent l'horizon.

Aram
Ça y est ! Je vois les gratte-ciels !

Myriam

Menteur ! On ne voit rien.

Aram

Mais puisque je te dis que je les vois !

Une vedette de la police accoste le navire. Dix policiers en uniforme montent à bord par l'échelle de corde.

Myriam

Tiens, c'était ça ton gratte-ciel ! Une vedette, cornichon !

Une voix dans les haut-parleurs

Mesdames et messieurs ! La police des frontières vient de monter à bord de notre paquebot. Nous vous rappelons qu'il est impératif de faire tamponner son visa avant l'arrivée à New York. Nous vous invitons, par conséquent, à vous rendre dans la salle à manger où s'effectue le contrôle.

71. INT JOUR. LA SALLE À MANGER. AOÛT 1948.

Une dizaine de policiers sont assis derrière des tables converties en postes d'interrogatoire. Les passagers attendent dans le couloir. Quand un bureau se libère, un policier fait entrer une nouvelle personne.

Le policier

(en américain tout le long)

Suivant !

Jean se présente devant l'un des policiers. Sans lever la tête, celui-ci lui fait signe de s'asseoir.

Le policier

Votre passeport, s'il vous plaît !

Jean lui remet son passeport. Le policier tourne les pages et lit rapidement l'invitation de Charles. Relevant le nez, il fixe Jean droit dans les yeux, l'air peu commode.

Le policier
Votre visa indique que vous êtes étudiant.
Jean hoche timidement la tête.

Le policier
Qu'est-ce que vous allez étudier ?
Mal à l'aise, Jean lui montre l'invitation de Charles.

Le policier
Je l'ai vue mais je veux vous entendre.
Jean ne comprend pas. Il regarde autour de lui, comme s'il cherchait un traducteur.

Jean
(troublé)
Je ne comprends pas.

Le policier
Quelle matière allez-vous étudier ?

Jean
In Iowa. *(il prononce à la française : iyova et remontre l'invitation)*

Le policier
(un brin cynique)
C'est une nouvelle matière, ça ?
Une dame, interrogée au bureau voisin, rectifie avec l'accent.

La dame
(en américain)
Il veut dire Iowa ! Ce n'est quand même pas bien difficile à comprendre !

Le policier

Oh ! I-O-Wa ! Bonté divine ! Mais comment il prononce ça ! Bon, d'accord, mais quelle université dans l'Iowa?
Jean lui remontre l'invitation.

Jean

École.

Le policier

Vous voulez dire lycée ?

De nouveau Jean hoche la tête tandis que le policier lève les yeux au ciel comme s'il perdait patience.

Le policier

Qui t'attend à New York ?

Jean

Non, non, pas New York, Reinbeck dans l'Iowa (*il prononce cette fois-ci à l'américaine*).

Le policier

(*épuisé*)

Ça j'ai compris mais ma question est : qui t'attend à New York ?

Jean se tourne vers la dame qui est également interrogée et ne peut suivre toute la conversation.

Jean

(*en français*)

Je ne comprends rien. Pourquoi il me parle de New York alors que je vais dans l'Iowa ?

La dame

Il veut savoir qui vous attend à New York.

Jean

(en anglais)

Ah ! Merci ! *(au policier, mimant avec ses doigts ses différents déplacements)* Amis à New York. New York un jour, demain train pour Chicago. Chicago ami et soir train pour Reinbeck.

Le policier coche des cases pendant que Jean articule les quelques mots qu'il connaît avec difficulté.

Le policier

Avez-vous l'argent nécessaire pour financer votre voyage de retour ?

Jean ne répond pas. De nouveau la dame lui vient en aide.

La dame

Il vous demande si vous avez assez d'argent pour payer le billet de retour.

Jean hoche la tête.

Le policier

Je veux voir l'argent.

La dame

Il veut voir l'argent.

Jean soupire, exténué, puis sort de sa poche un nouveau document.

Jean

(au policier, en français)

C'est une garantie de mes parents, certifiée par l'ambassade américaine de Paris.

Le policier se tourne vers la dame pour obtenir la traduction.

La dame
(au policier)
C'est une garantie de ses parents, certifiée par l'ambassade américaine de Paris.

Le policier
(à la dame)
On n'accepte pas ça, nous.
La dame a l'air ennuyé. Le policier se lève et va voir un collègue.

Jean
Qu'est-ce qu'il a dit ?

La dame
Qu'il n'accepte pas ce document.

Jean
(appuyant son front dans ses mains)
Qu'est-ce que je vais devenir ?
Le policier revient, tamponne le visa et rend le passeport à Jean en lui remettant l'invitation et la garantie.

Jean
(hésitant)
Ça veut dire que c'est bon ?

La dame
C'est bon. Il vous l'a tamponné. Vous pouvez y aller.

Le policier
(criant)
Suivant !

Sortant dans le couloir, Jean s'affale, épuisé, à côté de Myriam.

72. EXT JOUR. LE PONT DU PAQUEBOT. AOÛT 1948.

Le paquebot pénètre dans la rade de New York, majestueux. Les petits bateaux le saluent d'un coup de corne de brume. Les gratte-ciels jaillissent d'un coup. Appuyés au bastingage, les passagers regardent, émerveillés.

Jean
Non de Diou comme c'est beau ! Si le père voyait ça !

73. INT JOUR. LA PASSERELLE DU BATEAU. AOÛT 1948.

Encombrés par leurs bagages, les passagers se pressent sur la passerelle métallique. Jean prend congé de ses amis.

Le père arménien
Bonne chance à toi, Jean.

Jean
Bon courage pour votre installation à New York et merci pour tout. J'ai été heureux de vous rencontrer.

Après un regard appuyé à Myriam, Jean traverse la passerelle. Il présente son passeport au policier qui vérifie le visa et passe par le tourniquet du poste-frontière. Il regarde le sol et saute sur le quai.

Jean
L'Amérique !

Il penche la tête en arrière pour contempler le ciel puis ferme les yeux un court instant.

Jean
(murmurant)
Merci mon Dieu de m'avoir permis d'arriver jusque-là. Merci m'man ! Merci p'pa.

Il se ressaisit et aperçoit les familles et amis massés derrière des barrières de bois. Certains font de grands signes, d'autres crient des noms. Un couple élégamment vêtu tient un petit écriteau sur lequel figure son nom. Rassuré, Jean s'approche et leur serre la main à travers la barrière.

Jean
C'est moi, Jean.

John
(accent américain)
Oh, Jean ! Très heureux ! Moi c'est John et voici ma femme Mildred. Donne-moi ta valise et fais le tour de la barrière. Jean passe sa valise par-dessus la barrière et se fraye un passage à travers la foule. Quand il les a rejoints John les emmène rapidement vers la sortie.

John
Sortons de là rapidement pour que tu aies le temps de voir des choses avant ton train pour Chicago.

Mildred
(accent américain)
Tu n'as qu'aujourd'hui pour visiter New York. Heureusement que ton train part très tard.

Le petit groupe débouche sur un immense parking. De grosses voitures américaines des années quarante sont garées les unes à côté des autres. Jean est ébahi.

Jean
Wouah ! Je n'ai jamais vu autant de voitures de ma vie !

Puis, levant les yeux il découvre la hauteur impressionnante de l'immeuble qu'ils viennent de quitter.

Jean
C'est tellement haut.

John
Oh, celui-ci n'est rien comparé à d'autres. Tu vas voir !
John ouvre le coffre d'une grosse Ford bleu métallisé et y dépose la valise de Jean. Ils s'installent. La voiture démarre.

74. EXT JOUR ET NUIT. NEW YORK. AOÛT 1948.
Série de flashes rapides : des avenues new-yorkaises, de grosses voitures américaines, des rangées de gratte-ciels, le Brooklyn Bridge, l'ascenseur de l'Empire State Building indiquant l'arrivée au 125ème étage, la vue depuis son sommet, le Flat Iron Building, les enseignes de Broadway clignotant en plein jour. Durant toutes ces séquences Jean est tour à tour époustouflé, abasourdi, désorienté, ému. John et Mildred qui prennent des photos semblent amusés par ses réactions. Ils terminent dans un milkbar. Assis tous les trois sur de haut tabourets ils commandent un milkshake au comptoir.

John
Ce soir, avant ton train, on t'emmène au Carnegie Hall.

Mildred
Tu es déjà allé au concert, Jean ?

Jean
Euh… oui, enfin parfois je regardais jouer l'Harmonie sous le kiosque de la place de la République à Saint-Étienne.

Mildred
(riant gentiment)
Ah, là, ça va être un petit peu différent.

John
Carnegie Hall, c'est une très belle salle de concert… c'est comme un musée…

75. INT NUIT, CARNEGIE HALL. AOÛT 1948.

Série de flashs rapides : Jean fait des essayages dans une boutique de location de smokings, indiquée par l'écriteau « Tuxedo to rent ». John qui essaie de son côté l'observe satisfait puis règle la note. Ils pénètrent dans le foyer du Carnegie Hall, suivis de Mildred, magnifique dans sa robe du soir. Des couples élégants discutent près du bar en sirotant une coupe de Champagne. Un peu gauche, Jean ne sait pas quoi faire de ses mains et prend exemple sur John qui les tient derrière son dos. Apercevant son reflet dans une glace, il se redresse brusquement et regarde de tous côtés, impressionné par la beauté du lieu et le monde qui l'entoure.

Ils entrent dans la salle de concert comportant quatre rangées de balcons éclairés par de petites ampoules. Une ouvreuse leur indique leurs places. Ils s'assoient. La salle se remplit peu à peu et les lumières s'éteignent. Le rideau se lève, dévoilant un piano à queue laqué noir. Le silence est absolu puis les applaudissements retentissent, saluant l'arrivée d'un jeune pianiste. Jean mobilise toute son attention, bouleversé et ému.

76. EXT JOUR. GRAND CENTRAL STATION (GARE PRINCIPALE DE NEW YORK). AOÛT 1948.

Devant le train pour Chicago (écriteau), Jean prend congé de ses hôtes. Ceux-ci le « hug » chaleureusement.

Jean
Jamais je n'oublierai cette visite. Je vous remercie pour tout.

John
C'était un plaisir pour nous, Jean. On est toujours contents de montrer New York à nos amis.

Jean monte dans le train et leur fait de grands signes, tandis qu'ils quittent le quai.

77. INT NUIT LE COMPARTIMENT DU TRAIN DE CHICAGO. AOÛT 1948.

Les six occupants du compartiment se sont assoupis. Leurs têtes remuent au rythme des cahots du train. Les veilleuses sont allumées. La caméra se rapproche du visage de Jean. Insert.

78. EXT JOUR. LA GARE DE CHICAGO. AOÛT 1948.

Un panneau indique la gare de Chicago (Chicago train station). Jean descend du train. Il a l'air fatigué. Il regarde la foule qui attend au bout du quai et repère un jeune homme qui tient un petit carton sur lequel figure son nom. Il le rejoint. Ils se serrent la main et quittent la gare après avoir déposé la valise de Jean à la consigne.

79. EXT JOUR. CHICAGO. AOÛT 1948.

Assis à la terrasse d'un café, devant le lac Michigan, Jean et le jeune homme boivent un café en mangeant des beignets.

80. INT JOUR. TRAIN POUR LE DAKOTA. AOÛT 1948.

Debout dans le couloir, Jean vérifie, inquiet, le nom des stations.

Jean
(en anglais et jusqu'à la fin du film)
C'est Waterloo ? Gare ?

Une dame
Non, pas encore. L'arrêt pour Waterloo est dans une heure.

81. EXT NUIT. LE QUAI DE LA GARE DE WATERLOO. AOÛT 1948.

Jean descend sa valise. Charles Slessor marche à sa rencontre d'un pas décidé. Il le "hug" chaleureusement.

Charles Slessor
(en américain, jusqu'à la fin du film)
Jean ! Je suis tellement heureux que tu sois là, tellement heureux ! Viens mon garçon! Ma femme a hâte de te rencontrer... Mais dis-moi comment s'est passé ton voyage?

Jean ne comprend pas mais Charles le rassure.

Charles Slessor
Ne t'en fais pas. Dans un mois tu parleras exactement comme moi !

Jean hoche la tête en souriant tandis que Charles lui tapote l'épaule et prend sa valise.
À l'extérieur, une énorme Buick de l'année 1948 est garée devant la gare. Doris, la femme de Charles, enceinte de huit mois, descend pour saluer le jeune homme. Comme Charles, elle le prend dans ses bras et le « hug ».

Doris
(en américain, jusqu'à la fin du film)
C'est une telle joie, Jean.

Charles charge la valise dans le coffre.
La route, éclairée par la lune, est une longue ligne droite ininterrompue, bordée de champs dont on devine les cultures. Jean est assis à l'avant. Charles roule très vite.

82. INT NUIT. MAISON DE LA GRAND-MÈRE. AOÛT 1948.

Charles pose la valise de Jean à l'intérieur d'une maison avec patio. La grand-mère les accueille avec une tasse de thé. Elle « hug » Jean et lui désigne le gros canapé en velours de son salon cossu comportant trois gros fauteuils, une table basse, de la moquette et un piano. Charles et Doris s'assoient également.

La grand-mère
(en américain, jusqu'à la fin du film)
Tu dois être absolument épuisé, my boy, après un si long voyage !
Jean sourit mais ne comprend pas.

Charles Slessor
(lentement)
Cette maison est ta maison, Jean. Et voici Edith, ma mère. Doris et moi vivons en famille dans la maison d'à côté.
Jean sourit toujours mais semble un peu désorienté.

Charles Slessor
Je te propose d'aller te coucher et nous parlerons de tout cela demain, après le petit déjeuner. Qu'en penses-tu ?
Comme Jean ne semble pas avoir compris, la grand-mère mime le sommeil en posant ses deux mains jointes sous sa joue. Jean hoche la tête avec enthousiasme. Doris et Charles rient gaiment.

83. INT JOUR. LA CHAMBRE DE JEAN. AOÛT 1948.

Le matin. La chambre de Jean est meublée simplement : un lit une place, un bureau, une armoire et une commode. Sur le sol, de la moquette.

Jean sort du lit et ouvre la fenêtre à guillotine. Une dizaine de maisons de type nordique, en bois peint en blanc ou grenat sont disposées les unes à côté des autres et reliées entre elles par du gravier blanc.

Jean
(pour lui-même)
Tiens ! Mais je croyais que la ferme était isolée. En fait, elle est au milieu d'un village.

Il s'habille en vitesse (polo et pantalon de toile beige) et s'approche timidement de la cuisine. La grand-mère est occupée à faire cuire des pancakes.

La grand-mère
Bonjour, Jean.

Jean
Bonjour madame.

La grand-mère
Ah non ! Il n'y a pas de madame qui tienne avec moi. Tu dois m'appeler Edith. Pas madame, Edith !

Elle dispose rapidement quatre mugs sur la table et retourne vers sa crêpe.

La grand-mère
Assieds-toi, my boy. Alors, tu as bien dormi ?

Jean
Oui, très bien.

La grand-mère
C'est parfait ! Dis-moi si tu aimes les crêpes ?

Elle pose sur la table une pile de pancakes fumants, éteint le gaz et s'assoit en face de lui pour déjeuner. Deux autres couverts sont dressés.

La grand-mère
Tu prends du thé ou du café ?

Jean
Du café, s'il vous plaît.

Jean
(avec un geste circulaire)
Les maisons… ici… c'est village ?

La grand-mère
Non ! C'est la ferme !

Jean
Tout ?

La grand-mère
(riant de son étonnement)
Mais oui !

La grand-mère verse le café et le lait dans sa tasse tandis qu'un flash rapide montre la ferme de Marie et d'Élie avec son lavoir et sa montée de grange.

La grand-mère
Charles te montrera tout mais commence à manger sinon ça va refroidir.

La grand-mère recouvre sa propre crêpe d'un sirop sombre. Jean l'imite et goûte.

Jean
Hum ! C'est très bon ! *(montrant le sirop)*. C'est quoi ?

La grand-mère
Du sirop d'érable.

Et comme Jean la fixe sans comprendre, elle se lève et revient avec un petit carnet et un stylo. Elle écrit d'un côté de la page

Mapple *et de l'autre un point d'interrogation. Elle pousse le petit carnet vers Jean.*

La grand-mère
Écris-le en français pour mémoriser.
Mais Jean fait signe qu'il ne connaît pas. La grand-mère insiste.

La grand-mère
L'érable … un arbre !
Elle dessine une feuille d'érable sur la page et un tronc. Jean semble encore plus perdu.

Jean
(étonné)

Un arbre ?
Un petit garçon de trois ans, blond et turbulent, vêtu d'une salopette en jean et d'un tee-shirt coloré, déboule dans la cuisine. Il tend sa main à Jean.

Rodney
(en américain, jusqu'à la fin du film)

Bonjour Jean ! Je m'appelle Rodney ! Je suis le fils de la maison !
Jean rit et veut l'embrasser mais le petit l'en empêche.

Rodney
(insistant, la main toujours tendue)

Serre-moi la main, Jean ! On m'a dit que les hommes français se serreraient toujours la main !
Jean rit encore et serre sa petite main. Rodney s'assoit à côté d'eux et commence à manger le pancake que sa grand-mère vient de déposer dans son assiette.

Rodney
Tu aimes les crêpes, Jean ?

Jean
Oui, très bon, très bon.

La grand-mère écrit dans le petit carnet « Pancake » et le tend à Jean pour qu'il écrive la traduction.

Rodney
(très didactique, prenant un oeuf entre ses doigts)
This is an egg.

La grand-mère écrit sur le carnet et Jean marque aussitôt la traduction.

La grand-mère
(lisant par-dessus son épaule)
Seigneur ! Comment tu prononces ces lettres ?

Jean
Œuf.

Rodney
(en colère)
No, this is an egg ! An egg ! *(puis montrant sur la table les autres aliments)* Ça c'est la confiture, ça c'est le lait, ça, c'est le pain, ça c'est le café…

Il montre chaque objet et attend le mot en regardant Jean.

Jean
(riant et répétant en anglais)
Confiture, lait, pain, café…

Pendant ce temps la grand-mère note sur le petit carnet.

84. EXT JOUR. LA FERME. AOÛT 1948.

Jean visite la ferme avec Charles. Celui-ci est en salopette de jean. Il lui montre d'abord l'extérieur, bien entretenu, puis l'étable (vide) pouvant loger une trentaine de vaches, la porcherie (vide également) prévue pour une centaine de cochons, le poulailler, le hangar contenant une dizaine de grosses machines agricoles (tracteurs et moissonneuses-batteuses). Jean regarde chaque engin, impressionné. Un flash rapide lui revient : Élie attelant les bœufs à la charrue.

Charles Slessor
(mimant)
Et tu les conduiras tous !

Jean
(enthousiaste)
Moi ?

Charles Slessor
Mais oui, mon garçon, toi !

Ils sortent. Charles montre à Jean une immense prairie dans laquelle paissent et se promènent en liberté les vaches et les cochons. Une barrière en ferme l'accès. Charles et Jean s'y accoudent.

Jean
Je... sortir... vaches et cochons, matin et... retourner soir ?

Charles Slessor
Non ! Ce n'est pas nécessaire ! Les vaches et les cochons regagnent tous les soirs l'étable et la porcherie sans qu'on ait besoin de les y conduire.

Jean le regarde avec embarras. Il n'a pas compris. Charles répète lentement et en mimant.

Charles Slessor

Les vaches et les cochons, tout seuls, sans personne, rentrent dans leur maison à la nuit tombée pour manger.

Jean
(étonné)

Seuls ?

Charles Slessor
(riant de son étonnement)

Eh oui, ils sont responsables ! Tu apprendras, mon garçon, qu'en Amérique tout le monde est libre et responsable, même les vaches et les cochons !

Un garçon de l'âge de Jean passe avec un seau et un balai. Il a l'air renfrogné. Charles l'arrête.

Charles Slessor

Alors, Bill ? Tout va bien aujourd'hui ? Viens, que je te présente. Voici Jean qui vient de France.

Bill reste froid et dit à peine bonjour.

Charles Slessor

Ce n'est pas la peine de tirer la tronche, Billy. J'ai promis que je te garderai à la ferme pour quelques heures par jour.

Bill
(en américain, jusqu'à la fin du film)

Je ne fais pas la tronche, monsieur !

Il reprend son seau et file vers l'étable. Jean a compris que Bill n'était pas heureux de le rencontrer.

Charles Slessor

Il n'aime pas l'idée de te savoir ici. C'est sûr qu'il aura beaucoup moins de travail. Mais ne t'en fais pas ! Je le garde pour quelques heures et de toute façon ça n'a jamais été un gros travailleur.

85. EXT JOUR. LA COMMUNE DE REINBECK

La Buick roule à grande vitesse sur la route blanche et droite, bordée de champs de maïs. Jean a les yeux fixés sur le tableau de bord. Charles ralentit à l'entrée de la commune de Reinbeck et gare la voiture en épi devant le drugstore. Ils sortent. Charles marque une pause devant l'enseigne lumineuse du milkbar.

Charles Slessor

L'alcool est interdit dans l'Iowa. C'est un État sec. *(riant).* Mais nous avons des milkbars !

Ils pénètrent dans le drugstore voisin où coexistent pêle-mêle produits d'entretien, médicaments et jeans. Le propriétaire les salue chaleureusement.

Le propriétaire
(en américain, jusqu'à la fin du film)

Salut Jean ! Nous avons beaucoup entendu parler de toi.

Jean sourit, un peu embarrassé.

Charles Slessor

Stan, peux-tu lui trouver une paire de salopettes et un jean ?

Le propriétaire cherche dans le rayon après avoir jaugé d'un coup d'œil la taille de Jean. Il lui tend une salopette et un jean.

Le propriétaire

Ça devrait aller !

86. EXT PUIS INT JOUR. L'ÉGLISE. AOÛT 1948.

On aperçoit la petite église de bois blanc, son jardinet et l'escalier intérieur qui mène au sous-sol. Une réunion de jeunes gens a lieu autour de verres de lait et de gâteaux. Jean et Charles sont présents. Tous les regards convergent vers Jean qui porte le jean acheté au drugstore. Le regard de Jean va des uns aux autres.

Susan (17 ans)
(en américain, jusqu'à la fin du film)
Le Club de l'église est heureux d'accueillir son premier étranger, Jean Lebrat, venu de France.

Audrey (17 ans)
(en américain, jusqu'à la fin du film)
Et qui va rester avec nous pendant deux ans !

Jacky (17 ans)
(en américain, jusqu'à la fin du film)
En guise de cadeau de bienvenue, nous avons décidé de t'offrir une entrée gratuite de trois mois dans notre club. Cela signifie que tu ne paieras qu'en janvier.

Susan
Ici, c'est ta deuxième maison. Tu peux emprunter des livres, écouter de la musique, prendre une tasse de café ou de lait, rencontrer tes amis et assister à toutes nos fêtes.

Audrey
On organise aussi des cours de boogy-woogy dans une salle vide à côté. C'est inclus dans la cotisation. Est-ce que tu sais danser, Jean ?
Jean a un air désolé. Il n'a pas compris.

Susan
Ne t'en fais pas ! On t'aidera avec l'anglais.

Les jeunes (en chœur)
On t'aidera tous.

87. EXT FIN DU JOUR. L'ÉCOLE. AOÛT 1948.

Jean et Charles traversent la cour de l'école, une haute bâtisse moderne comportant une pelouse et un terrain de basket. Ils montent au premier où les accueille le directeur, petit homme rondouillard.

88. EXT JOUR. LE BUREAU DU DIRECTEUR. AOÛT 1948.

Ils sont assis autour d'une table ovale. Le directeur pose devant eux un emploi du temps dactylographié.

Le directeur
C'est une ébauche de ton emploi du temps, Jean. Tu assisteras à tous les cours avec des élèves de ton âge, à l'exception des cours d'anglais. Si tu es d'accord, je te propose de suivre la classe de M. Simpson qui enseigne aux enfants de dix ans, qu'en dis-tu ?

Jean n'a pas compris. Il mord sa lèvre inférieure, impuissant.

Charles Slessor
Bob, écris-le, il va comprendre.

Le directeur réfléchit un instant puis dessine sur un papier un grand personnage à côté duquel il écrit le chiffre 17 et les matières history, geography, mathematics, physics, sports, *puis un petit personnage à côté duquel il écrit le chiffre 10 et les mots* English language.
Jean hoche la tête avec enthousiasme.

89. EXT JOUR ET NUIT. FIN AOÛT 1948.

Série de flashs rapides : Jean apprend à démarrer le tracteur avec Charles tandis que Billy lui jette des regards haineux. Jean ouvre la barrière des bêtes et remplit la mangeoire des cochons qui la soulèvent avec leur groin tandis que Billy l'observe avec animosité depuis le fond de la cour. Jean partage le repas de Charles, Doris, Rodney et Edith après avoir prononcé la prière, debout autour de la table. Assis dans un fauteuil en rotin du patio, Billy le regarde en taillant une flûte dans une branche d'arbre. Charles sort pour l'inviter à les rejoindre mais Billy refuse.

Jean reçoit de Charles ses premiers dollars. Jean discute dans le Church Club avec Susan, Audrey, Dick et Jacky, des jeunes de son âge. Jean est au milkbar avec Audrey et Susan et paie les consommations en posant un dollar sur le comptoir.

Les jeunes déposent Jean à la ferme, c'est Susan qui conduit l'énorme voiture vert anis. Jean est impressionné.

90. INT JOUR. LA CUISINE. SEPTEMBRE 1948.

Jean pose son sac à dos sur la chaise et en vérifie le contenu. Il porte le costume sombre qu'il avait à son arrivée à New York. La grand-mère le voit et fronce les sourcils.

Jean
(se regardant, étonné)
Pas bon ?

La grand-mère
(secouant la tête)
On dirait que te te rends à des funérailles. Mets le jean que Charles t'a acheté. Avec une chemise ce sera parfait.

91. EXT JOUR. AU BORD DE LA ROUTE. SEPTEMBRE 1948.

Vêtu d'un simple jean et d'une chemise blanche, Jean attend le bus scolaire au bord de la route blanche et droite. Dans le fond du cadre on aperçoit la ferme. Le bus arrive. (Yellow School bus inscrit sur la carrosserie). Jean monte et s'installe à côté d'Audrey.

Audey
Bonjour John ! Tu te sens comment pour ce premier jour de classe ?

Jean
Hi Audrey. I am euh, euh…
Il cherche le mot.

Audrey
Un petit peu inquiet, c'est ça ?
Jean hoche la tête.

Jean
Inquiet ! Oui, c'est ça !

Audrey
Tout se passera bien, ne t'en fais pas. Déjà ton anglais est bien meilleur qu'à ton arrivée.

Jacky monte à l'arrêt suivant et s'assoit derrière eux. Puis Dick et Luke. Lorsqu'ils atteignent l'école, ils sont une demi-douzaine qui discute bruyamment. Ils se lèvent pour sortir lorsqu'un spectacle fige Jean : un jeune garçon vient d'arriver dans une voiture dont il atteint à peine le volant. Il se gare avec soin et descend le plus naturellement du monde. Jean se tourne vers Audrey, époustouflé.

Jean
(sidéré)
Il est si petit ! Possible ? Comment?

Audrey
(riant gentiment de son étonnement)
Ils te permettent de conduire quand tu as quatorze ans mais seulement sur le trajet de l'école et seulement si le bus scolaire ne passe pas près de chez toi.

Un adolescent plus jeune encore, portant un baudrier fluorescent arrête le trafic pour faire traverser un groupe d'enfants. Il invite ensuite les sept bus jaunes qui se sont arrêtés à se garer sur le parking.

Jean
Qui est ce petit garçon ?

Audrey
Un élève. On y est tous passés à l'âge de 13 ans.

Jean
Les filles aussi ?

Audrey
Bien sûr! Ça t'apprend à être conscient du danger et à agir de manière responsable.

Jean
Aware ?

Audrey
(lui montrant sa tempe)
Conscient.

Jean hoche la tête, littéralement fasciné.

92. INT JOUR. UNE SALLE DE CLASSE. SEPTEMBRE 1948.

La salle de classe compte une vingtaine de chaises équipées de tables amovibles. Elle se remplit d'un coup. Jean remarque que chacun tire sa chaise là où ça l'arrange. Un flash rapide lui revient en mémoire : la salle d'étude de l'école de Saint-Étienne, les pupitres alignés au cordeau et l'air sévère du surveillant général arpentant les allées en menaçant les élèves de sa règle. Jean se choisit une chaise pas très loin d'Audrey. Le professeur entre. Les jeunes ne se lèvent pas mais l'accueillent chaleureusement.

Les élèves (en chœur)
Good morning mister Graham.

Le prof
Bonjour ! Alors, tous prêts pour une nouvelle année de géographie ?

Les élèves (en chœur)
Oui, monsieur Graham !

Le prof
Grâce à Jean qui vient directement de France, nous allons voyager un peu cette année. Merci Jean d'être avec nous ! Au fait, ça ne te dérange pas si je t'appelle John ? C'est plus facile à prononcer.

Par réflexe Jean se lève timidement. Certains semblent surpris mais personne ne se moque.

Jean
Pas un problème, monsieur !

Le prof
John, s'il y a quoi que ce soit que tu ne comprends pas, tu

viens après le cours et je t'expliquerai. Mais je suis sûr que tout le monde t'aidera, ce sont de chouettes gosses. Dans un mois, environ, tu parleras comme nous..

Tous les élèves confirment bruyamment.
Troublé par cet accueil, Jean se rassoit. Flash rapide montrant l'école de Saint-Étienne où la classe entière, et parmi eux Jean, huent un pauvre garçon qui se cache derrière son coude.

93. INT JOUR. UNE SALLE DE COURS D'ÉLÈVES DE DIX ANS. SEPTEMBRE 1948.

Jean assiste à un cours d'anglais avec des enfants de dix ans. Il est assis entre un petit garçon et une petite fille. Sur le tableau sont écrits quelques verbes irréguliers.

Le prof
Alors, que souhaitez-vous demander encore à Jean ?

Petit garçon 1
Peux-tu nous décrire un peu ton pays ?

Jean
(timidement)
Euh… there is trees, mountains, sea… river, valleys…

Petit garcon 2
Ça te gêne si je te corrige ?

Jean
(déconcerté et admiratif)
C'est bien, c'est bien ! Corrige ! Corrige !

Petit garcon 2
"There are" trees, mountains, rivers, valleys… C'est mieux.

Petit garcon 1
Il y a du maïs chez toi ?

Jean
Maïs… maïs? Non, non, pas de maïs.

Petite fille 1
Mais comment vous nourrissez les bêtes si vous n'avez pas de maïs ?

Petite fille 2
Et comment vous faites le pop-corn, alors ?
Jean sourit, amusé.

94. INT JOUR. LA SALLE DE CLASSE. SEPTEMBRE 1948.

Jean se trouve de nouveau avec des jeunes de son âge. Il regarde son emploi du temps.

Jean
C'est quoi « typing » ?

Audrey
(mimant avec tous ses doigts)
Dactylographie. Machine à écrire !
Elle lui montre la classe dans laquelle ils s'apprêtent à entrer, comportant une vingtaine de machines à écrire Kenwood.

Jean
(riant)
Mais c'est pour les filles !

Jacky
Oh, non! Pas en Amérique. La dactylographie c'est pour

tout le monde. Si tu ne sais pas taper, tu ne peux pas entrer à l'université. Même au lycée, certains enseignants refusent de lire ton devoir s'il n'est pas dactylographié.

Audrey
Jacky, répète plus lentement pour Jean. Tu parles trop vite.
Jacky
Oh désolé Johnny.

Les jeunes s'installent devant une machine à écrire et engagent une feuille dans le chariot. Jean les regarde faire. Liz, la jeune fille assise à sa gauche, lui montre.

Liz
Tu mets le papier juste ici, tu tournes le bouton et tu mets tous tes doigts sur le clavier.

Jean regarde son clavier. Les touches ne comportent aucune lettre.

Jean
(étonné)

Pas de lettres ?

Liz
(riant)

Normal ! C'est un clavier de formation.

Elle part chercher dans le placard situé à côté du bureau de la prof (qui n'est pas encore arrivée) un carton rempli d'objets et en sort une petite pancarte sur laquelle est dessiné le clavier avec les lettres et les doigts de cinq couleurs différentes. Elle le pose sur la table de Jean. Pendant ce temps les autres élèves font l'exercice inscrit au tableau. La classe est silencieuse. On n'entend que le bruit des touches et les retours chariot.

Jean
Nous... pas attendre le professeur ?
Liz
Pourquoi on l'attendrait ? L'exercice est écrit sur le tableau. Elle viendra plus tard de toute façon. Toi, tu pourrais déjà apprendre le clavier par cœur, qu'en penses-tu ?

Abasourdi par la maturité et l'autodiscipline de la classe, Jean acquiesce. Il étudie l'affichette et cherche les touches sur son clavier sans lettres.

95. EXT JOUR. LA SALLE À MANGER, SELF-SERVICE.
Jean est assis à une table de six avec Jacky, Audrey, Liz et Dick. Le prof de géographie les rejoint et s'installe à leur table. La conversation bat son plein. De temps à autre Jean sort son petit carnet pour marquer des mots et leur traduction puis il montre quelque chose sur son emploi du temps.
Jean
C'est quoi ça ?
Jacky
Cours de conduite ! Tu l'as à deux heures.
Jean
(mimant le volant)
De conduite ? De conduite pour de vrai ?
Jacky hoche la tête. Les autres sourient, amusés.

Jean
Avec une voiture, une vraie ?

Jacky

Évidemment, avec une voiture ! C'est à la ferme qu'on apprend à conduire les tracteurs.

Jean

Wouah !

Jacky

On l'a tous passé l'an dernier.

Jean
(pour voir s'il a bien tout compris)
Vous, conduire ? Tous ?

Liz

Oui, on a tous eu notre permis l'an dernier et on conduit tous les voitures de nos parents.

Jean

Les filles aussi ?

Audrey
(contrariée)
Mais pourquoi tu t'étonnes toujours quand les filles peuvent faire ce que les garçons font ou quand les garçons font ce que les filles, selon toi, devraient faire ? Vous ne seriez pas un peu misogynes, vous, les Français ?

Jacky
(riant)
Fais gaffe, Johnny ! Audrey est une sacrée féministe !

Jean

Je ne comprends rien. Il faut répéter.

96. EXT JOUR. PISTE D'AUTO-ÉCOLE DANS LA COUR DU LYCÉE. SEPTEMBRE 1948.

Jean est assis au volant d'une grosse Ford des années quarante. Un instructeur est à côté de lui.

L'instructeur

Ok, maintenant tu appuies sur l'accélérateur et tu laisses la voiture aller toute seule.

La voiture avance doucement. Jean est fier. En bout de piste il tourne le volant et accélère. Un sentiment d'euphorie l'anime.

97. INT JOUR. LA CUISINE CHEZ SAMUEL ET LYDIE. SEPTEMBRE 1948.

Assis autour de la table de la cuisine, emmitouflés dans des châles ou de gros pulls, Lydie, Samuel, la mémé et René prennent le café.

Samuel

Tiens, René, si tu as une minute je vais te lire la dernière lettre de Jeannot. C'est marrant !

Samuel prend une lettre sur le buffet, la sort de son enveloppe et commence la lecture. Des images défilent sur la voix off de Jean, correspondant à ce qui est raconté (elles sont précisées après chaque intervention).

Samuel *puis très vite* Jean en voix off

Bien chers tous. Voici trois mois que je suis ici et ce pays ne cesse de m'étonner. Point de vue hygiène c'est vraiment très différent de chez nous. Figurez-vous qu'ici, je prends des douches tous les jours et parfois même des bains ! Tout le monde se lave à fond et tous les jours !

Sur la voix off, on voit Jean se frotter à fond sous la douche, enfiler une chemise, puis une deuxième, puis une troisième.

Samuel
Lui qu'il fallait forcer à aller aux douches une fois par semaine ! Voilà qu'il se lave tous les jours maintenant !

Lydie
À l'entendre, on croirait qu'on ne se lave pas, chez nous ! Comme si les Français étaient plus sales que les Américains.

La mémé
Ils vont me l'abimer mon Jeannot avec tous leurs lavages !
Ils rient. Samuel profite de la distraction pour attraper une bouteille de calva et en verser quelques gouttes dans son café.

Lydie
(dure)
Samuel ! Tu crois que je ne t'ai pas vu ?

Samuel *puis très vite* Jean en voix off
Bon, j'en étais où ? Ah oui, la brosse à dent ! Écoutez !
La brosse à dents, si rare chez nous, est utilisée, ici, tous les jours. Chacun a la sienne et c'est la seule chose que les Américains ne prêtent pas. Pourtant elles ne sont pas chères ici. On en trouve dans tous les drugstores et leurs poils ne font même pas mal aux gencives ! Alors je me brosse les dents, comme eux, tous les jours !
Images : Jean se lave les dents devant un miroir. Même image avec Audrey, Liz et Jacky.

Jean (voix off)
Encore plus important : ici, on ne porte jamais la même chemise deux jours de suite. Ça ne se fait pas. Alors je fais pareil et je mets moi-même mon linge dans la machine à laver que la grand-mère fait tourner trois fois par semaine.

Images : série d'images rapides qui montrent Jean en train de retirer sa chemise (même geste mais chemises différentes). Il les jette au fur et à mesure dans le panier de linge sale. Jean prend le panier et met son linge dans la machine à laver.

Lydie

Ils changent tous les jours ! On voit bien qu'ils ont des machines qui lavent toutes seules là-bas !

Jean (voix off)

Une autre différence qui va vous surprendre : ici, on ne repasse pas. On accroche les chemises sur les cintres et elles se repassent toutes seules.

Images : Jean retire son linge de la machine et suspend ses chemises sur des cintres.

La mémé

Toutes seules ! Ah, ben j'aimerais bien voir à quoi elles ressemblent leurs chemises pas repassées !

Jean (voix off)

Comme je vous le disais dans ma dernière lettre, depuis que j'ai mon permis, Charles me laisse conduire le tracteur, l'une des grosses machines agricoles et sa Buick, une énorme voiture américaine qu'il a achetée neuve il y a trois mois !

Images : Jean conduit le tracteur et la machine agricole dans le champ.

René

Ah, ça, je n'en reviens pas ! Jeannot conduit ?

Samuel

Ses frères qui ont neuf et dix ans de plus que lui ont peur de passer le permis et notre Jeannot qui n'a pas encore dix-huit ans conduit de tout. Tu te rends compte ?

Le visage de René exprime la joie mêlée d'admiration. Samuel reprend la lettre.

Jean (voix off)

J'adore conduire la grosse Buick de Charles. Il n'a même pas peur que je la lui casse ! Je lui demande juste s'il n'en a pas besoin mais je n'ai pas besoin de la lui demander. Ici, ce qui est surprenant c'est que tout le monde fait confiance à tout le monde. Et à l'école c'est pareil. On discute avec les profs sur pied d'égalité. Il y en a même qu'on appelle par leurs prénoms. Les gens ici essaient toujours de voir le bon côté des choses et ils ne critiquent pas. Charles dit que chaque personne apporte au monde quelque chose d'important. Et si je fais une bêtise, il me dit que c'est comme ça qu'on apprend !

Images : Jean conduit la Buick. Jean, Liz et Jacky prennent un verre au milkbar en compagnie de leur prof M. Graham. Jean montre quelque chose à Charles. Il a l'air ennuyé. Charles regarde et semble dire que ce n'est pas grave.

René

Ça c'est sûr que ça n'a rien à voir !

Samuel

Tiens, écoute ça !

Jean (voix-off)

Petit détail pour le père : ici, l'alcool est interdit et tous les cafés ont été transformés en bars à lait. On les appelle des milkbars.

Samuel

Ce n'est quand même pas une vie, ce pays sans alcool.

Lydie
De tout ce qu'il nous raconte sur ces différences, c'est bien ce que je trouve le plus intelligent !

98. EXT JOUR. LA FERME, IOWA. OCTOBRE 1948.

Le facteur met le courrier dans la boîte et soulève le petit drapeau rouge. Jean le salue alors qu'il repart en trombe. Il ramasse la pile de lettres et les porte dans la maison de Charles. L'une d'elles lui est adressée. Il regarde au dos et lit le nom de l'expéditeur : René Maneval. Jean a un sourire et s'assoit sous le patio pour la lire. Pendant toute la lecture défilent des flashs se rapportant à ce que René décrit : la discipline à l'internat, le pion, le surgé, les colles, la promenade en rang d'oignons, le réfectoire...

René (voix off)
Mon cher Jeannot, Vraiment tu as bien fait de partir. Ici rien n'a changé. C'est juste un peu pire. La cour est toujours aussi grise et le dortoir aussi lugubre, mais le Surgé crie de plus en plus fort et colle de plus en plus. Du coup, le pion est encore plus sévère. La dernière fois je me suis fait coller quatre heures parce que je demandais un buvard à mon voisin. Et je ne te parle même pas des promenades du dimanche en rangs d'oignons... quand je lis que toi tu conduis une grosse voiture et que tu appelles tes profs par leur prénom je n'arrive pas à le croire. Ce sont vraiment deux mondes qui n'ont rien à voir l'un avec l'autre. Et votre club dans le sous-sol de ton temple ! Dis, vous avez l'air de bien vous amuser. Tiens, j'ai croisé Shakespeare l'autre jour au Chambon. Il se prépare à passer son bachot et crâne encore plus que d'habitude. Je n'ai pas pu m'empêcher de

lui dire que tu conduisais une grosse voiture américaine et je lui ai montré la photo de la voiture que j'avais découpée dans Paris-Match. Je ne te dis pas, il était tellement jaloux qu'il a failli en avaler son livre !

Jean rit et remet la lettre dans son enveloppe. Charles passe et lui tend une autre enveloppe qu'il n'a pas scellée et dont on peut voir les billets dépasser.

Charles Slessor
Jean, voici ton salaire de la semaine.

Jean
Merci Chuck.

Charles Slessor
Tu fais du bon boulot mon garçon.

Jean prend les dollars dans l'enveloppe, les met dans sa poche et rend l'enveloppe à Charles.

99. EXT JOUR. REINBECK. DÉCEMBRE 1948.
Il neige. Jean discute au milkbar en compagnie de Jacky et d'Audrey. Ils regardent une Chevrolet ancien modèle garée sur le trottoir d'en face. Sur sa vitre est écrit « for sale ».

Jacky
Je me demande combien ils en demandent pour des tacots pareils ! Ils ont au moins quinze ans !

Jean
Allons voir !

Il met sa veste et traverse la rue. Le panneau indique : "other cars available, from 15 dollars". Jean sort son petit carnet, copie le numéro de téléphone et rentre en vitesse se réchauffer.

Jacky

Eh ! Ne me dis pas que tu vas t'acheter cette antiquité !

Jean

(dont l'accent et l'anglais sont beaucoup plus fluides)
Ça commence à 15 dollars! Une voiture pour 15 dollars, c'est complètement incroyable ! Chez moi on a à peine une roue de vélo pour ce prix.

Jacky

Évidemment mais elle sera vieille et toute pourrie ta voiture! Tu ne veux pas d'une caisse tout pourrie, quand même ?

Jean

Je m'en fiche. Ce sera MA voiture et c'est le plus important!

Jacky

Tu plaisantes, j'espère ?
Pendant qu'ils parlent Audrey a pris le numéro dans le carnet de Jean et appelle à partir du téléphone mural du milkbar.

Audrey

À partir de 15 dollars. Oui. On peut les voir ? OK. On sera chez vous dans une demi-heure.

100. EXT JOUR. LA VOITURE DE CHARLES. DÉCEMBRE 1948.

Jean conduit la Buick de Charles. À ses côtés, sur la banquette, Jacky et Audrey.

Jacky

Eh Johnny ! Ressens bien ce que ça fait que de conduire une bonne grosse voiture de l'année, je veux dire une vraie voiture, car si tu t'achètes ce vieux tacot, tu n'auras plus aucune raison d'emprunter la voiture de Charles. Et franchement, pour draguer les filles, ta cote va chuter d'un coup…

Jean

Je sais mais ce sera MA voiture !

Audrey

(regardant la route)

C'est ici.

L'endroit est une ferme transformée en garage. Les trois jeunes descendent. Un homme s'approche.

Les jeunes

Salut !

Le garagiste

C'est vous qui avez appelé ?

Audrey

Oui. On voudrait voir ce que vous avez pour 15 dollars.

101. INT JOUR. VOITURE PACKARD ANNÉE 1928. DÉCEMBRE 1948.

Jean est assis au volant d'une vieille voiture de l'année 1928 dont les sièges sont entièrement recouverts de velours rouge. Accoudé à la vitre, le garagiste lui fait l'article.

Le garagiste

Elle appartenait à une très vieille et riche dame qui ne l'a jamais conduite elle-même, c'est pourquoi elle est en si bon état.

Jean

Je peux l'essayer ?

Le garagiste
Bien sûr !
Jean fait un tour et revient.

Jean
(sortant de la voiture tout excité)
Je l'adore ! Je l'adore ! Je l'achète.

Jacky
C'est pas vrai ! Vous êtes vraiment bizarres, vous, les Frenchy !

Jean
Elle est trop bien ! C'est la voiture des gangsters de Chicago. J'ai vu des films. Ils tiraient à la mitraillette par la fenêtre ouverte. Trop bien !

Jacky
Mais Johnny ! Tu as besoin d'une voiture qui se conduise, pas d'une voiture du Hollywood des années trente !

Audrey
Je pense que Johnny a raison ! S'il veut cette voiture c'est son choix.
Jean sort déjà les billets de sa poche et les tend au garagiste.

Jean
(bondissant de joie)
Hourahhhhh !!!!!!!!! Je viens de m'acheter ma propre voiture avec l'argent que j'ai gagné. Une voiture à 17 ans ! Mes parents et mes frères n'en reviendront jamais.

Jacky et Audrey applaudissent, attendris par son enthousiasme.

Jean
Audrey, tu peux monter avec moi ? Jacky... tu peux ramener la voiture de Charles à la ferme ?

Le garagiste remplit le réservoir tandis qu'Audrey s'installe sur la banquette avant et que Jacky démarre la voiture de Charles. Jean monte dans sa Packard et s'assoit derrière le volant. Il est fier.

Audrey
(touchant le velours des sièges et le bois du tableau de bord)
Tu as eu raison de l'acheter, Johnny ! Elle est très romantique cette voiture après tout. Les sièges en velours rouge, c'est vraiment très élégant.

102. EXT JOUR. LA CUISINE. JANVIER 1949.

L'assistance est nombreuse. Sont réunis autour de la table : Lydie, la mémé et Samuel, Maurice et sa petite famille, Pierre, la tante Pauline et sa sœur Henriette. Un plat de gigot est posé au centre de la table. Lydie fait le service. Les convives tendent leur assiette. La photo de Jean, posant devant sa Packard, passe de mains en mains.

Maurice
Je n'en reviens pas ! Il a eu sa propre voiture a dix-sept ans !

Samuel
Et payée trois francs six sous en plus ! Je me demande comment ils peuvent vendre là-bas des voitures si bon marché !

Lydie
C'est parce que c'est la voiture des gangsters et que personne n'en veut !

Maurice
Mais non m'man ! Il nous a expliqué dans son autre lettre que les Américains achetaient de nouvelles voitures tous les ans et que c'était pour cela que les voitures d'occasion n'étaient pas chères du tout.

Samuel
Vous vous rendez compte de la chance qu'il a notre Jeannot ? Tout ce qu'il voit et tout ce qu'il fait dans cette Amérique ! Et cet anglais qu'il arrive maintenant à comprendre !

Maurice
N'empêche que vous hésitiez à l'envoyer là-bas !

Lydie
Bien sûr ! Ça faisait loin et c'était cher… mais l'idée m'a toujours semblée bonne.

Samuel
D'ailleurs, Pauline, on te doit encore combien ?

Pauline
Ça, c'est entre Lydie et moi. Mais ta femme m'a tellement donné qu'il ne reste plus grand-chose à rembourser. C'est sûr que moi je n'étais pas favorable à ce qu'il aille chez les cobois votre Jeannot, mais quand on voit ce qu'il y fait…

Henriette
Mais aussi on ne savait pas qu'ils avaient tout ça les Américains…

Pierre
Mais vous vivez sur quelle planète ? Depuis la Libération il

ne se passe pas deux jours sans que les journaux et la radio ne parlent de l'Amérique.

Pauline
En tout cas, je n'ai jamais lu nulle part que les Américains apprenaient à conduire à l'école !

Henriette
Et encore moins à taper à la machine. Et obligatoire en plus ! Même pour les garçons ! L'école Pigier ne doit pas faire fortune là-bas s'ils savent déjà tous taper !

Pauline
Quand même ils sont bizarres ces Américains !

Henriette
Après tout, on les critique peut-être à tort.

Samuel
Pendant la guerre, c'étaient des armes américaines que les Anglais nous parachutaient … et bien si vous aviez vu ce mécanisme…

Pauline
Ah, mais ça c'est comme les collants nylon ! Moi, je suis littéralement sub-ju-guée !

Jean-Pierre
Et bien moi, quand je serai grand, je ferai comme tonton Jeannot, j'irai en Amérique.

103. EXT JOUR. LA FERME, L'ÉCOLE, LE CHURCH CLUB. DE JANVIER 1949 À MAI 1950.

Série de flashs rapides indiquant que le temps passe. Jean effectue des travaux à la ferme tandis que Bill, qui semble n'avoir rien à faire, lui jette des regards noirs. Jean conduit le tracteur dans un champ plein de neige qui devient vert puis jaune.

Jean assiste à un cours de maths, de frappe, de géographie avec les grands. Il est à l'aise et participe aux exercices et discussions. Jean suit le cours d'anglais avec les petits. Avec deux enfants de dix ans il semble répéter une pièce de théâtre. Sur le tableau on lit : « 18 avril 1949 ».

Jean discute avec ses camarades dans la cour de récréation puis séparément avec Jacky. On sent qu'ils sont très complices et s'amusent bien ensemble. Audrey s'approche. Ils se taisent. Jean a l'air amoureux de la jolie rousse.

Les cerisiers qui entourent la petite église sont en fleurs. Jean descend au club de l'église. Les lampions, les gâteaux et les boissons indiquent qu'il y a une soirée. Jean invite Audrey à danser. Ils se lancent, avec d'autres jeunes, dans un boogy-woogy acrobatique.

Charles et Jean installent le premier poste de télévision dans le salon des Slessor. Toute la famille s'est rassemblée. Jean branche la télé et Charles appuie sur le bouton marche. L'image apparaît. Un homme, le sénateur Mc Carty, harangue la foule. Derrière lui une banderole indique la date : « 22 février 1950 ». Charles se rapproche de l'écran et monte le son.

Mc Carty à l'écran

J'ai l'intime conviction que 205 communistes se sont infiltrés dans le département d'État. Je les éradiquerai tous jusqu'au dernier. J'écraserai tous les communistes de notre pays.

La grand-mère

J'espère que ce téléviseur n'apportera pas que de mauvaises nouvelles dans nos maisons.

Flashs rapides : les travaux dans la ferme et l'inimitié de Bill ; le champ de maïs qui passe du vert au jaune ; le drive-in-movie : Audrey et Jean flirtent sur la banquette en velours rouge de la Packard. Jean conduit la grosse Buick de Charles. Il est seul et il fait très beau. Il allume la radio. La chanson est interrompue par le speaker.

Speaker, voix off radio

Et maintenant, permettez-moi d'interrompre notre programme pour un flash info : le président Trumann vient d'autoriser le général Mc Arthur à envoyer des troupes en Corée du Sud. Il a également permis à nos avions de bombarder des objectifs militaires en Corée du Nord.

104. EXT JOUR. LA SORTIE DE L'ÉGLISE. MAI 1950.

C'est la sortie de l'église. Jean, Charles et le directeur du lycée laissent passer le flot des fidèles et poursuivent leur conversation sur le bord de l'allée.

Le directeur

(à Jean)

Le baccalauréat arrive à grands pas. Est-ce que tu as pris un peu de temps pour réfléchir à ton futur, Jean ?

Jean

(accent très middle west)

Eh bien… Je dois rentrer en France car mon visa n'est plus valabe après août. Là-bas, je chercherai sans doute un travail, enfin, je n'y ai pas encore bien réfléchi.

Le directeur

Nous, on y a réfléchi. Tu es très bon en sciences et il faut que tu ailles à l'université.

Jean regarde tour à tour Charles et le directeur, comme pour s'assurer qu'il ne s'agit pas d'une plaisanterie.

Jean

Ici ? Dans le Middle West ?

Le directeur et Charles Slessor

Oui, ici.

Jean

Les frais de scolarité sont beaucoup trop élevés. Je ne pourrai jamais me payer d'études supérieures aux États-Unis.

Le directeur

Sauf si tu choisis bien ta ville d'études.

Jean

Que voulez-vous dire ?

Le directeur

Il faut que tu vises une grande ville, une ville où tu pourras trouver un job d'étudiant tout en suivant tes cours à l'université. Je pense à Indiana Tech à Fort Wayne, qu'en penses-tu, il n'y a que l'Illinois qui nous sépare. C'est à quelques 500 miles d'ici.

Jean

Je sais que cette fac a une très bonne réputation, en particulier pour les études d'ingénieur, mais même si j'y trouvais un emploi, cela ne paierait que mon logement, pas les frais de scolarité qui sont si élevés…

Charles Slessor

Si tu travailles tout l'été à la ferme et que tu fauches l'herbe bleue des voisins après cinq heures en fin de journée, tu gagneras assez pour payer tes frais annuels de scolarité. Bien sûr, ce sera un énorme travail, en gros, de cinq heures du matin jusqu'à minuit, mais je sais que tu peux le faire. Je te prêterai le tracteur. Je n'en aurai pas besoin après dix-sept heures, de toute façon.

Jean
(réfléchissant)
Charles, si vous me prêtez votre tracteur, dans ce cas... *(soudain très enthousiaste)* Vous avez raison, je pourrais sans doute y arriver !

Charles Slessor
Et tu feras ça chaque été jusqu'à obtenir ton diplôme. *(Prenant Jean par les épaules)* Tant que tu vivras en Amérique, je veux que tu saches, Jean, que ma maison sera toujours ta maison et que notre famille, sera toujours ta famille...
Jean est ému.

Jean
Merci, Charles. Je ne sais pas comment vous remercier.

105. EXT JOUR. LA COUR DE L'ÉCOLE. JUIN 1950.

Une estrade est dressée dans la cour de l'école. Sur une banderole on lit : « Graduation 1950 ». Le public est nombreux. Au troisième rang on reconnaît Charles entourée de Doris et de sa mère. Il tient le petit Stanley sur ses genoux tandis que Rodney va et vient en essayant les chaises libres.

Des étudiants attendent sur le côté gauche, vêtus d'une toge noire et d'un chapeau carré. Parmi eux on reconnaît Audrey, Liz, Jacky, Jean et bien d'autres. Lorsque le directeur appelle leur nom, ils s'avancent, lui serrent la main avec respect, acceptent leur diplôme en le remerciant et descendent s'asseoir au premier rang.

Le directeur

Et maintenant, mesdames et messieurs, permettez-moi de féliciter Jean Lebrat. Pouvez-vous imaginer que lorsqu'il est arrivé ici il y a deux ans, notre *French man* parlait à peine un mot d'anglais ?

Jean s'avance, serre la main du directeur, accepte son diplôme en le remerciant et lui chuchote quelque chose à l'oreille.

Le directeur

Oh! John a préparé un discours.
Le directeur lui tend son micro.

Jean

(Anglais très courant et gros accent du Middle West)
Bonjour mesdames et messieurs. Cette remise de diplôme est l'occasion pour moi de vous remercier tous, mais d'abord ma famille américaine, les Slessor *(applaudissements)* et surtout Charles, qui a toujours été si serviable et si généreux, faisant confiance à un jeune qui ne parlait même pas un mot d'anglais *(rires)*.
Si j'ai obtenu mon diplôme aujourd'hui, c'est évidemment grâce à lui - car c'est lui qui a eu l'idée de m'accueillir dans sa famille. Travail quotidien à la ferme contre études mais travail payé ! *(tonnerre d'applaudissements. Jean en profite pour s'éclaircir la gorge).*
Je voudrais aussi remercier monsieur Hoover, notre directeur, qui a eu la bonne idée de me faire apprendre l'anglais avec des petits de dix ans pendant toute la première année. Voilà pourquoi j'ai appris si vite et que je suis même devenu assez bon en grammaire ! *(rires)*
Je veux aussi remercier tous mes professeurs qui m'ont tant

aidé et m'ont chaque fois offert de leur temps après les cours pour que je ne sois jamais perdu.

Enfin, je veux remercier tous mes amis qui m'ont accepté, même s'ils continuent de m'appeler le Frenchy. *(rires et applaudissements)*. Pour finir, je tiens à remercier toute la communauté de Reinbeck qui a fait preuve de tant d'ouverture d'esprit, qui ne m'a jamais jugé et n'a jamais ri, même quand on ne comprenait pas un mot de ce que je racontais *(rires et applaudissements)*. Alors merci, merci à tous et je tiens à dire que cette graduation compte énormément pour moi.

Le directeur

Merci John. Dis-nous... depuis combien de temps tu n'as pas parlé le français.

Jean

Depuis deux ans, monsieur. Je suis le seul francophone de Reinbeck depuis...

Le directeur

Au moins cent ans ! Et nous n'avons même pas de professeur de français. C'est un comble : que trois professeurs d'allemand. Mais raconte-nous ce que Charles t'a offert pour ton dernier Noël.

Jean

Cinq minutes de conversation téléphonique avec ma famille en France ! Cela a dû être tellement dur à organiser. D'abord c'était une surprise, ensuite il n'y a que trois téléphones dans mon village qu'on utilise que lorsqu'on ne peut pas faire autrement. Ce n'est pas comme ici où tous les foyers sont équipés depuis des années !

Charles Slessor
(intervenant en se levant)
J'avais envoyé la lettre à sa mère au mois de septembre, vous vous rendez compte ! J'y indiquais l'heure de l'appel sur le téléphone du pâtissier le 25 décembre 1949 - en prévoyant les 8 heures de décalage horaire. Si vous aviez pu voir la tête de Jean à ce moment-là. La surprise était totale !
Jean
Les cinq plus belles minutes de français que j'ai eu de toute ma vie. Merci, Charles !
Le directeur
Et le son était bon ?
Jean
Je les entendais comme s'ils avaient été dans la pièce à côté alors qu'on est séparés par 7500 kilomètres. Ils m'ont tous parlé : mon père, ma mère, ma mémé, mes frères, mes neveu et nièce... et même mon vieux pote René. C'était un beau moment d'émotion.

Le directeur
Te crois-tu encore capable de parler le français?
L'assistance (rires)
No !
Le directeur
Avec un tel accent du Middle West, les gens vont penser que tu es né ici ! *(rires et applaudissements)* De toute façon Jean va rester encore quatre ans chez nous – enfin dans l'Indiana – pour faire ses études d'ingénieur *(applaudissements suivis de hourras)*.

106. EXT JOUR, LA FERME. JUIN 1950.

Jean se dirige vers l'étable lorsque des voix dans le hangar attirent son attention. Il s'approche mais reste en retrait. Charles et Bill discutent de façon assez véhémente. Charles est très en colère.

Bill
Il devait rester seulement deux ans.

Charles Slessor
C'était effectivement ce qui était prévu au départ mais comme il va aller à l'université cet automne il aura besoin d'argent pour payer ses études. Il bosse dur et mérite vraiment d'avoir un travail.

Bill
Il n'a qu'à aller travailler dans la ferme des voisins.

Charles Slessor
Mais il le fera aussi. Je lui prêterai le tracteur après cinq heures pour qu'il y tonde l'herbe bleue jusqu'à minuit.

Bill
De toute façon son titre de séjour va expirer dans deux mois. Il sera dans l'illégalité s'il reste.

Charles Slessor
J'ai renouvelé son titre de séjour.

Jean s'éloigne discrètement. On le voit nettoyer la porcherie et rafraîchir l'étable. Passant par là, Bill lui jette un regard haineux.

Charles Slessor
(à Jean)
Quand tu en auras fini avec tout ça, prends le tracteur et rapproche les truies de la porcherie. J'ai peur qu'elles

mettent bas ce soir au milieu des champs.

Jean
Ok Charles. Je les dirigerai par ici.

Charles Slessor
Merci, mon garçon.

Bill s'est arrêté pour écouter. Son expression traduit du ressentiment. Le spectateur comprend qu'il concocte un mauvais coup.

Il attend que Charles ait regagné la maison pour se faufiler dans le hangar. Il prend sur l'établi la boîte à outils et se glisse sous le tracteur. On entend des bruits, comme des vis que l'on serre, que l'on desserre, des pièces que l'on remplace ou que l'on enlève. Il a tout juste terminé lorsque Jean rapplique.

Jean
Qu'est-ce que tu fais sous ce tracteur ?

Bill
(gêné)
Il y avait un bruit bizarre quand je l'ai pris la dernière fois. Je vérifiais seulement si tout allait bien. Tu peux le prendre maintenant.

Jean démarre le tracteur et s'engage dans le champ où paissent les bêtes. Bill le suit du regard, l'air satisfait. Jean roule à vive allure lorsqu'il se rend compte, soudain, que le frein ne répond plus et que l'accélérateur est bloqué. Il fait plusieurs tours en essayant de le dégager mais rien n'y fait et, manquant d'écraser vaches et cochon, il est contraint d'arrêter le tracteur dans un fossé profond. Le véhicule pique du nez et se plie en deux, écrasant au passage une truie. Bien qu'il se soit cramponné, Jean est immédiatement éjecté. Il est sonné. Son front saigne. Il se relève et découvre, terrifié, la bête accidentée. Il prend son pouls pour vérifier si elle vit encore.

Jean
(prenant sa tête dans ses mains pleines du sang de la bête)
Oh, non ! Mon Dieu ! Pas ça !
Il s'assoit sur le talus, l'air catastrophé, essuyant du sang qui coule de son front. Une silhouette s'approche. C'est Bill.

Bill
Bonté divine ! Qu'est-ce que tu as foutu ?

Jean
(désespéré)
Je ne sais pas. L'accélérateur était bloqué et le frein ne répondait plus.

Bill
Tu sais combien il coûte ce tracteur ? Même si tu restes dix ans ici, tu n'auras jamais assez d'argent pour rembourser le patron, surtout si tu dois de l'argent pour ton inscription à l'université.
Jean le regarde maintenant avec méfiance.

Bill
Tu ferais mieux d'y aller avant que Charles ne le découvre. Je peux te prêter de l'argent pour ton voyage de retour si tu veux...

Jean
Qu'est-ce que tu foutais sous le tracteur tout à l'heure ?

Bill
Mais rien.
Jean se jette sur Bill. Ils se battent avec les pieds et les poings.

Jean

Tu as bousillé le moteur parce que tu voulais que je dégage. Tu as planifié cet accident. C'est à ce genre de choses que tu utilises ton petit cerveau. Ce qui est sûr c'est que le tracteur est détruit et je ne pourrai plus travailler chez les voisins pour payer mes études. Bravo, connard. Tu as gagné.

Jean lui balance un coup de poing dans l'estomac et marche vers la ferme, la tête baissée et des larmes plein les yeux. Il s'essuie le visage avant de franchir le seuil de la maison de Charles.

107. EXT FIN DU JOUR. LA MAISON DE CHARLES. JUIN 1950.

Charles est occupé à jouer avec Stanley lorsque Jean fait irruption dans la pièce, le visage barbouillé de sang.

Charles Slessor
(bondissant)
Mon Dieu ! Que s'est-il passé ?

Jean
(bouleversé)
C'est terrible, Charles !

Charles Slessor
(très calme)
Calme-toi mon garçon et raconte-moi. Déjà, est-ce que tout le monde est en vie ?

Jean
(presque en larmes)
J'ai eu un accident avec le tracteur. L'accélérateur était bloqué et je n'ai pas pu l'arrêter… le tracteur est totalement

détruit... et j'ai aussi heurté violemment une truie. Elle était pleine et elle est morte.

Charles Slessor
(rassurant)
Tu es en vie et pour moi c'est le plus important.

Jean
Mais comment vous pourrez travailler sans tracteur ?

Charles Slessor
Ce tracteur n'était plus sûr de tout façon. Je savais que je devais le remplacer. J'espère que tu ne t'es pas fait trop mal. *(regardant le sang sur son visage)* Qu'est-ce que c'est ? Tu as du sang sur le front.
Jean est déconcerté par sa réaction.

Jean
(s'essuyant le front)
C'est le sang de la truie. J'ai voulu la sauver mais elle est quasiment morte dans mes bras. *(Il prend sa tête dans ses mains)* Mais Charles, comment va-t-on pouvoir travailler sans tracteur ?

Charles Slessor
Je vais aller en acheter un neuf demain. J'aurais dû faire ça depuis longtemps.
Jean ne semble toujours pas rassuré.

Charles Slessor
Les accidents arrivent tout le temps dans notre métier. La bonne chose c'est que tu ne sois pas blessé et que nous ayons un tout nouveau tracteur cet été. Il sera là demain.

Jean est si ému qu'il est sur le point de pleurer. Charles lui tapote l'épaule gentiment.

Charles Slessor
(riant)
Aller ! Allons voir ensemble les dégâts.

108. EXT FIN DU JOUR. JUIN 1950.

Jean et Charles remorquent le tracteur accidenté et hissent le cochon dans une benne. Bill les observe à distance, un sac sur l'épaule, comme s'il quittait définitivement la ferme.

109. EXT JOUR. LA FERME. ÉTÉ 1950.

Série de flashs rapides : Jean laboure les champs de maïs sous le soleil. Il arrête le tracteur, sort une bouteille, se désaltère, essuie son front et sa nuque, retire son t-shirt, le suspend à un morceau de métal pour qu'il sèche et repart torse-nu. Jean déjeune avec Charles sous l'unique arbre du champ. Jean moissonne en lignes. Le soleil diminue. Jean ramène le tracteur à la ferme, file se doucher, change de t-shirt, prend sur la table de la cuisine le panier que la grand-mère lui a préparé et remonte sur le tracteur. Jean conduit le tracteur sur un chemin de terre. Devant lui et autour de lui s'étendent à l'infini des champs d'herbe bleue. Jean moissonne l'un des champs. Il va et vient sur une très grande distance. Le ciel tourne à l'orange puis au rose. Le soleil se couche. Jean allume les phares mais moissonne toujours. Il fait nuit. La lune éclaire le champ. Jean arrête le tracteur pour dévorer ce que la grand-mère lui a préparé puis repart, moissonnant sous la lune. Jean rentre à la ferme. Il n'y a aucune lumière. Il gare le tracteur dans le hangar et pousse doucement la porte du patio. Il entre dans sa chambre et s'écroule sur son lit. Il s'endort. Série d'images montrant Jean moissonnant le maïs en plein soleil et Jean moissonnant l'herbe bleue au couchant.

110. EXT JOUR. LA GARE ROUTIÈRE. FIN AOÛT 1950.

Charles arrête la voiture à quelques pas de la gare routière. Jean et Jacky descendent, récupèrent leurs valises dans le coffre et se présentent à la billetterie. Charles les accompagne.

Jean
Un billet pour Fort Wayne, s'il vous plaît.

La vendeuse
Fort Wayne dans l'Indiana?

Jean
Exact.

La vendeuse
Un billet aller-retour ou un aller simple ?

Jean
Comme je ne rentrerai qu'en juin de l'année prochaine il vaut peut-être mieux que je ne prenne qu'un aller simple.

La vendeuse
Oui, c'est plus sage.

La vendeuse lui remet son billet en échange de quelques dollars. Jacky s'approche.

Jacky
La même chose pour moi mais avec un retour pour le 20 décembre.

Charles les aide à charger leurs valises dans la soute du Greyhound Bus et les « hug » chaleureusement.

Charles Slessor
Tu seras des nôtres à Noël, Jean ?

Jean

Non. Je vais profiter des vacances de Noël pour travailler et économiser pour mon voyage en France de l'été prochain. Je voudrais rendre visite à ma famille après l'herbe bleue.

Charles Slessor

Tu as raison mais souviens-toi que si tu changes d'avis la ferme est ta maison.

Jean

Merci, Charles.

Charles les regarde monter dans le bus.

111. EXT JOUR. L'UNIVERSITÉ DE INDIANA TECH. FIN AOÛT 1950.

Des bâtiments modernes sont disséminés de part et d'autre d'un très beau campus dont la pelouse est verte et bien tondue. Leur valise à la main, Jean et Jacky poussent la porte d'un bâtiment de quatre étages au fronton duquel figure l'inscription : « Fraternity House » précédée des trois lettres grecques "kappa, kappa, gamma." Un jeune homme, assis à la réception, les reçoit.

Le réceptionniste

Bonjour. Je m'appelle Tom. Comment puis-je vous aider ?

Jean

Bonjour Tom ! On a retenu une chambre pour deux : Morgen et Lebrat.

Le réceptionniste

(consultant son fichier)

Oui je l'ai. Tous deux en école d'ingénieur et tous deux de l'Iowa. Lits superposés, ça vous va ? *(À Jean)* Mais il semble que vous n'ayez réservé que pour quelques jours ?

Jean
(dans un sourire)
C'est exact ! Je dois chercher un travail et un logement mais je resterai ici jusqu'à ce que je trouve quelque chose.

Le réceptioniste
Oh, mais tu es le Français ! Avec un si gros accent du Middle West je croyais que tu étais aussi de l'Iowa. *(Ils rient)* Pour le job, regarde les annonces sur le tableau au fond du couloir. On en a rentré des pas mal.
Le réceptionniste leur remet deux clefs et une brochure.

Le réceptionniste
Chambre 31 au troisième étage, petit-déjeuner entre six et huit heures, dîner à six heures, deux salles de bain au bout de chaque couloir et un téléphone à l'étage.
Les deux garçons posent leur valise dans la chambre. Elle est meublée simplement : deux lits superposés, deux armoires, deux bureaux et deux machines à écrire.

Jacky
Eh, sympa !

112. INT NUIT. SALLE À MANGER DE LA MAISON D'ÉTUDIANTS. FIN AOÛT 1950.
Jean consulte les annonces et note des numéros de téléphone sur un papier. Il introduit une pièce dans le téléphone et décroche.

Jean
(au téléphone)
Bonsoir Monsieur. Oui, j'appelle pour l'annonce… Fac d'ingénieur. *(Il écoute)* Oui monsieur. Oui monsieur. Oui, monsieur : préparer le petit déjeuner, faire la vaisselle, le

ménage et travailler dans la maison le week-end. Oui monsieur. Y a-t-il un bureau dans la chambre ? Oh, et une machine à écrire ! Oui, ça a l'air très bien. Oui monsieur. J'ai l'adresse, merci monsieur.

113. EXT JOUR. MAISON DES YERNEL. FIN AOÛT 1950.

Jean monte les marches du perron d'un très belle maison en briques avec colonnes. Une femme noire d'environ cinquante ans lui ouvre.

Jean
Bonjour madame. Je suis Jean. Je viens pour l'annonce.

L'employée noire
(le faisant entrer)
Entre, mon garçon. Je vais prévenir monsieur Yernel que tu es ici.

114. INT JOUR. INTÉRIEUR DE LA MAISON DES YERNEL. FIN AOÛT 1950.

Monsieur Yernel, un homme d'une cinquantaine d'année, grand et distingué, fait visiter à Jean la maison de la cave au grenier. De belles pièces cossues au premier et au rez-de-chaussée, et au sous-sol, la chambre des boys équipée de deux lits, de deux armoires, de deux bureaux et de deux machines à écrire.

Jean
Il y a déjà un deuxième étudiant ?

M. Yernel
Oui, il vient juste d'arriver. Il s'appelle Bob. Je suis sûr que vous vous entendrez bien tous les deux.

115. INT JOUR. LA MAISON YERNEL ET L'UNIVERSITÉ. ANNÉE UNIVERSITAIRE 1950-1951.

Série de séquences rapides : en jaquette blanche et nœud papillon noir, Jean sert à la table de monsieur et madame Yernel, un couple discret et silencieux.

Jean débarrasse la table, range la cuisine et se change en vitesse. Il attrape une pile de manuels et rejoint Jacky dans un amphithéâtre où le cours n'a pas encore commencé. Jean écoute avec attention une explication scientifique. Il copie des équations sur son bloc à lignes. Jean joue au baseball sur l'un des terrains du campus.

Au café du campus, Jean et Jacky flirtent. Trois jolies jeunes femmes, visiblement étudiantes, sont suspendues à leurs lèvres.

Jean et Bob servent une dizaine de convives à la table des Yernel. La cuisinière prépare les assiettes qu'ils amènent en salle.

Debout sur une échelle, Jean et Bob installent les doubles vitrages pour l'hiver.

Jean traverse le campus enneigé.

Jean tape une dissertation sur la machine à écrire de sa chambre à coucher, tandis que Bob prend des notes depuis un manuel.

Les beaux jours reviennent. Jacky vient chercher Jean chez les Yernel dans une superbe Ford décapotable. Deux autres garçons et trois filles sont déjà à l'intérieur. Jean monte en sautant, sans ouvrir la portière. Ils se serrent.

Salle de cours. Jean reçoit sa copie. Il a un A. Jacky n'a qu'un C mais le félicite.

116. EXT JOUR. LA PLACE DU CHAMBON. FIN AOÛT 1951.

Paulette entre et sort du magasin de Lydie sans cesse.

Paulette
Madame Lebrat, vous pensez qu'il va arriver par le train de midi ou celui de cinq heures, votre Jeannot ?

Lydie
Tout ce que je sais ma petite Paulette c'est qu'il a confirmé son arrivée à Cherbourg. *(lui tendant un papier bleu)* Tiens, lis ce télégramme. Il nous amène un ami qui ne parle pas un seul mot de français. Je ne sais pas trop comment nous allons nous débrouiller.

117. INT JOUR. LE TRAIN LA GALOCHE. FIN AOÛT 1951.

Jean et Jacky fument, le nez à la fenêtre.

Jean
Ça fait trois ans que je ne les ai pas vus, tu imagines ?

Une jeune fille (Lucette) les regarde, à la fois charmée et intriguée. À sa tenue, on comprend qu'elle vient de la ville.

Lucette
Vous venez d'Amérique ?

Jean
(accent américain quand il parle en français, jusqu'à la fin)
Oui, nous venons du Middle West.

La fille
C'est où ça le Midèlouest ?

Jean
C'est près de Chicago.

Jacky
Tu la dragues ?

Jean
Non, je lui explique juste où se trouve le Middle West.

Lucette
Vous parlez bien le français pour un Américain. Si vous n'aviez pas ce gros accent ce serait presque parfait.

Jean *(à Jacky)*
Elle pense que je suis américain !

Lucette
Et vous restez quelques temps au Chambon ?

Jean
On y sera pour deux semaines.

Lucette
Et après vous repartez ?

Jean
Il faut bien. On reprend l'université en septembre.

Lucette
(avec admiration)
Wouah ! Vous êtes à l'université ?

Jean
Oui. On entre en deuxième année d'école d'ingénieur.

Lucette
(impressionnée)
Si j'avais su que j'allais rencontrer de futurs ingénieurs dans cette patache !

Jean
Et vous, vous êtes du Chambon ?

Lucette
Franchement ! Vous m'avez bien regardée ? Je suis de Paris, voyons ! On voit bien que vous ne savez pas encore à quoi ressemblent les filles de là-haut.

Jean
Non, à quoi ?

Lucette
Ce ne sont que des sottes et des paysannes. Elles n'ont vraiment aucun style et savent à peine danser.

Jacky
Ça a l'air intéressant ! De quoi parle-t-elle ?

Jean
Elle dit qu'au Chambon toutes les filles sont des sottes et des paysannes. Elle pense vraiment que je suis américain. C'est drôle, non ?
Ils rient.

Lucette
Qu'est-ce que vous lui racontez ?

Jean
Je lui traduis. Et vous êtes où, au Chambon.

Lucette
À l'hôtel Beau Rivage. Mon père aime beaucoup la région et on vient ici tous les mois d'août depuis trois ans. Mon frère a fait tout son secondaire au Collège international protestant.

Jean
(intrigué)
Oh, vraiment. Et comment s'appelle votre frère ?

Lucette
Il s'appelle Henri. Il est même tellement bon en anglais que ses camarades du collège l'avaient surnommé Shakespeare. Il sera vraiment content de vous rencontrer. Il voulait faire ingénieur lui aussi mais comme il s'est planté à son bachot et qu'il n'a pas voulu le repasser son avenir dans cette branche est un peu compromis.

Jean
(savourant sa revanche)
Il fait quoi maintenant ?

Lucette
Il travaille depuis un an à la CFR mais tous ses chefs sont des ingénieurs. Ils l'invitent même à leur table, le midi.

Jean
Je vois.

Lucette
Il n'a que des amis diplômés. Il va être vraiment content de vous rencontrer. Et en plus vous êtes américains. Il se plaignait justement qu'il n'y ait que les bouseux cette année au Chambon. Vous comprenez, nous, on vient de Paris alors on ne peut quand même pas se mélanger à ces ploucs. D'ailleurs pourquoi vous arrivez si tard ? L'été est presque fini.

Jean
Je ne pouvais pas partir avant d'avoir terminé l'herbe bleue.
Lucette fronce les sourcils, pensant sans doute qu'il s'agit d'une traduction littérale. Mais Jean n'essaie pas d'être plus explicite.

Lucette
Passez nous voir ! Cet après-midi, ça vous irait ?

Jean
Disons plutôt demain ? Vers quatre heures ?

Lucette
Parfait ! Et vous serez à quel hôtel ?

Jean
(hésitant)
À l'accueil fraternel.

À l'entrée du village le train ralentit. Jean et Jacky en profitent pour descendre avant l'arrêt. Lucette leur passe leurs bagages.

Lucette
Attendez, je ne connais même pas vos prénoms.

Jean
Moi c'est John et lui c'est Jacky.

118. INT JOUR. LE MAGASIN. FIN AOÛT 1951.

Jean pose les valises devant la porte du magasin de sa mère et pousse la porte. Jacky le suit. Lydie est occupée à servir une cliente. Au bruit de la sonnette elle se retourne et pousse un cri de joie.

Lydie
Mon Jeannot !

Elle le prend dans ses bras, oubliant sa cliente. Elle le regarde de la tête aux pieds puis le serre de nouveau contre elle. Elle a des larmes plein les yeux.

Lydie
Oh, tu as tellement changé !

Jean
Mais toi tu es restée la même, toujours aussi jeune et jolie.

Lydie
Mais tu parles français avec un accent américain !

Jean
Je crois que c'est parce que je n'ai plus parlé ma langue maternelle depuis trois ans… Mais ça va revenir. Maman, je te présente mon ami Jacky, mon meilleur pote de high school et d'université.

Lydie lui tend la main. Mal à l'aise, Jacky la « hug » à l'américaine.

Jacky
Très heureux … *(se tournant vers Jean)* Oh, bon sang ! J'ai oublié tout le reste de mon texte !

Jean
Jacky vient d'oublier la phrase qu'il a répétée par cœur depuis le début du voyage ! Pour résumer il veut te dire qu'il est très heureux de te rencontrer.

Lydie sourit et se tourne vers sa cliente.

Lydie
Mon fils, madame Brottes, je ne l'avais pas vu depuis trois ans ! Vous vous rendez compte ?

La cliente
Il fait tellement américain ! On ne croirait jamais que c'est votre fils.

Attirée par les cris de joie la mémé entre.

Jean

Ma mémé !

Elle le serre dans ses bras.

Jean

Mémé, je te présente Jacky…

La mémé

Quand je vous disais qu'il ne saurait plus parler notre langue ! Je n'y vois plus bien clair mais je ne suis pas sourde quand même !

Jean

Mémé, c'est juste l'accent. C'est parce que je n'ai pas parlé le français depuis trois ans. Mais ça va revenir !

La porte du magasin s'ouvre et Samuel apparaît.

Samuel

(le prenant dans ses bras)

Mon Jeannot ! J'étais à la gare et je ne t'y ai pas vu ! Tu es passé par où ?

Jean

On a sauté du train avant la gare !

Samuel

Mais vous avez remarqué qu'il parle le français avec un accent américain ?

119. INT SOIR. LA CUISINE. FIN AOÛT 1951.

Jean sort d'une boîte en carton un mixeur et son bol. Il le branche et fixe les fouets.

Jean
M'man, donne-moi trois blancs d'œufs, s'il te plaît.
Lydie casse trois œufs, sépare le jaune et lui donne les blancs. Jean les verse dans le bol du mixeur. Il appuie sur le bouton "marche". Tout le monde s'approche et regarde. Très vite Jean arrête le mixeur et montre les blancs montés en neige.

Lydie et la mémé
(se penchant)
C'est incroyable ! Des œufs à la neige en dix secondes !

Jean
Et c'est pareil pour la soupe, la purée, les omelettes…

120. EXT JOUR. LA PLACE. FIN AOÛT 1951.
La famille entend un bruit de moteur et se précipite à l'extérieur : Maurice arrive dans sa petite 4CV flambant neuf. Malgré l'absence de voitures, il a du mal à la garer parallèlement au trottoir.
Sa femme et ses deux enfants descendent pour lui simplifier la manœuvre. Ils embrassent Jean.

Jacky
Oh, mon Dieu ! Mais comment ils peuvent tous tenir dans cette petite chose ?
Maurice descend et embrasse son frère.

Maurice
Mais tu ressembles à un Américain. *(il le regarde)* Et le blue jean et tout… le t-shirt… C'est incroyable.

121. INT JOUR. LA CUISINE. FIN AOÛT 1951.
Lydie et la mémé mettent la table tandis que Jean distribue des

cadeaux à la famille de son frère. La fille trouve dans sa boîte une paire de patins à roulettes et le garçon un jean. Ils sont aux anges !

Jean-Pierre

Regardez ! Tonton Jeannot m'a ramené un vrai bloudjin !

Danny

Et moi j'ai des patins à roulettes !

Plus tard, au moment du café, la famille regarde les photos de Jean : l'université, la ferme, la maison des Yernel et une grosse voiture décapotable.

Jean-Pierre

(portant fièrement son jean tout neuf)

Tonton Jeannot... la prochaine fois, tu ramèneras une grosse voiture américaine pour mon papa ?
Tout le monde rit.

Maurice

(regardant la photo)

Tu n'as plus ta voiture de gangsters ?

Jean

Je l'ai revendue avant d'aller à Fort Wayne. Celle-là roule plus vite mais je l'ai revendue aussi avant de partir. J'en rachèterai une quand je rentrerai, en septembre.

Maurice

C'est fou ! Ces Américains m'ont l'air d'acheter des voitures comme nous on achète du pain. En tout cas, vu le mal que j'ai à garer ma 4CV, je me demande bien comment je me débrouillerais avec un truc pareil.
Tout le monde rit. Jean traduit pour Jacky.

Jean
Mon frère dit que c'est déjà difficile pour lui de conduire sa petite voiture, il est sûr qu'il ne pourrait pas conduire les nôtres.

Jacky
Dis-lui que ce serait plus simple que de se coincer les jambes dans cette coquille de noix.
Tous deux éclatent de rire. La famille les regarde, intimidée, comme on l'est face à une langue qu'on ne maîtrise pas.

Jean-Pierre
Et bien moi, quand je serai grand, je parlerai l'anglais comme tonton Jeannot et personne me comprendra!
Tout le monde rit de nouveau, de bon coeur.

122. EXT JOUR. L'HÔTEL BEAU RIVAGE. FIN AOÛT 1951.

Jean et Jacky passent le portail de l'hôtel Beau Rivage. Lucette les accueille dans le jardin où une table à thé a été installée.

Lucette
Mon frère arrive tout de suite. Il est allé se changer après le tennis. Asseyez-vous.
Arrive Henri, très mondain.

Lucette
Voici les étudiants américains dont je t'ai parlé. De futurs ingénieurs.

Henri
(en anglais mais accent très français)
Bonjour mes amis. Je suis tellement heureux de vous rencontrer. Vous ne pouvez pas savoir. Il y a tellement de ploucs ici.

Jacky se lève, Jean se retourne. Malgré son allure américaine Henri le reconnaît immédiatement. Son visage se décompose.

Jean
(souriant et savourant sa victoire, en anglais)
Je suis ravi de vous rencontrer, Henri.

Jacky
(lui serrant la main, rougissant subitement et bafouillant)
Le plaisir est pour moi, monsieur…

Jean
(dans un américain parfait et accent du Middle West)
Just call me John.

Fin

ABRÉVIATIONS UTILISÉES EN ÉCRITURE SCÉNARISTIQUE

INT JOUR : intérieur jour, cela signifie que la séquence se tourne de jour, à l'intérieur d'une maison, pièce, appartement, hangar, garage, etc.

EXT JOUR : extérieur jour, cela signifie que la séquence se tourne de jour, à l'extérieur.

INT NUIT : la séquence se tourne à l'intérieur mais la nuit. Donc présence de lampes allumées.

EXT NUIT : la séquence se tourne à l'extérieur, la nuit. Donc obscurité ou lumières de lampadaires.

INSERT : le plan insert est un très gros plan qui saisit un détail.

CONTRE-CHAMP : Le champ-contrechamp consiste à filmer un personnage, puis à filmer la personne ou l'objet que ce personnage regarde (l'angle inverse du premier plan) et à revenir finalement au plan initial pour montrer la réaction du personnage.

VOIX OFF : quand on entend la voix du personnage mais qu'on ne le voit pas à l'écran.

REMERCIEMENTS

À mon père Jean Lebrat qui a su me raconter son "rêve américain" avec de très nombreux détails et a accepté de répondre à toutes mes questions lors de la rédaction de ce scénario en 2010.

À Dzhuliya Kryukova et Siobhan Lim, membres bénévoles des éditions Renaissens, qui répondent toujours à l'appel quand il faut créer une couverture en urgence.

CHEZ LE MÊME ÉDITEUR

COLLECTION COMME TOUT UN CHACUN

La Paix toute une histoire, essai, Sophie-Victoire Trouiller

Nouvelles du Temps qui passe, recueil, Michel Pain-Edeline

Un petit cimetière de Campagne, roman, Jacques Priou

De mon Amazonie aux confins du Berry, recueil, Irène Danon

T'occupe pas de la marque du vélo, pédale, roman, Cécile Meslin

De l'autre côté des étoiles, conte, Hervé Dupont

Pourquoi ?, réflexion autobiographique, Fabien Lerch

Sans domicile fixe - contes animaliers, Maurice Bougerol

Jusqu'à l'épuisement des Lumières, récit biographique, Sandrine Lepetit

Témoignages poétiques, recueil, Christine Chantereau

COLLECTION VOIR AUTREMENT

L'Insurgée aux yeux d'ombre, roman, Diane Beausoleil

Pas si bête, roman, Clélia Hardou

COLLECTION LES MOTS DU SILENCE

Deux Mondes, témoignage, Christelle Luongkhan

Signence - la langue des signes, album de photos, poèmes et textes, Eve Allem et Jennifer Lescouët

Les Tribulations d'une malentendante, récit, Véronique Gautier

COUVERTURE

Illustration de Dzhuliya Kryukova, 17 ans,
à partir d'une photo de Jean Lebrat, Iowa, été 1949.
Dzhuliya est en classe de première
au lycée Sainte-Marie de Cannes et membre bénévole
des éditions Renaissens.

Afin de sensibiliser les jeunes au handicap,
RENAISSENS confie l'illustration
de ses couvertures à des jeunes du monde entier.
Ce concours international s'inscrit dans un projet
"jeunesse, interculturalité et francophonie".
Il est encouragé par les alliances françaises à l'étranger.

Pour participer à la sélection des prochaines couvertures
rendez-vous sur la page du site Renaissens
http://www.renaissens-editions.fr/projet-jeunes/

ISBN : 978-2-491157-28-9
Dépôt légal : décembre 2022